그토록 오래고 그토록 아름다운 이름

어머니

그토록 오래고 그토록 아름다운 이름

어머니

글 신동진

문학의 문학

저자의 말

2015년 1월 21일

세상에서 가장 사랑했던 어머니를 잃었습니다

아버지를 잃은 자식은 외롭고 어머니를 잃은 자식은 슬프다고 했던가요

너무도 갑작스레 어머니를 잃고 황망한 마음을 가눌 수 없어 책을 써야겠다고 마음먹었습니다

어머니에 대한 기억을 정리하고 저 자신도 치유하고 싶었기 때문입니다

곧바로 목록들을 정리했지만 5년이 지난 이제서야 마무리를 짓게 됐습니다

그동안 작업실이 되었던 커피전문점, 병원 로비, 차 안 등에서 지난 기억을 소환하는 동안 회한의 눈물을 흘리며 써내려갔던 기억이 납니다

슬픔의 바다 한가운데서 허우적거리기도 했지만 거기서 빠져나올 때쯤 되자 안도의 한숨도 절로 나옵니다

'죽은 시인의 사회' 라는 영화에서 로빈 윌리엄스는 어린 학생들에게 사진 한 장을 보여주며 이야기합니다

"100년 전 패기 넘치던 사진 속 소년들 중 더 이상 이 세상 사람은 아무도 없으며, 우리 모두는 언젠가는 숨이 멎고 차갑게 식는다"고

그래서 carpe diem, 시간이 있을때 장미 봉오리를 거두라고 합니다

이 책을 보시고 부모님이 옆에 계실 때 더 많은 시간을 보내시길 바라봅니다

아울러 부모님을 잃고 상처를 안고 사시는 분들께는 슬픔을 공감하는 책이 되기를 희망합니다

마지막으로 이 책이 완성되기까지 도움 주신 모든 분께 감사드리며 어머니께 이 책을 바칩니다

2020. 1. 6. 서재에서

차례

어머니의 힐링법 · 초등학교 시절

병원엔 왜 오니 · 중·고등학교 시절

미사 이야기

다시 그리운 어머니

나의 MBC

TV토론 이야기

칼럼

어머니 돌아가시고

어머니 휴대전화를 해지하며

10여 년 전 어머니에게 휴대전화를 사드린 적이 있었습니다.

그때 번호는 제가 회사에서 받았던 걸로 해드렸습니다. 이제 어머니도 보내드리고 번호를 해지해야 할 시간이 왔습니다. 늘 목에 걸고 계셨던 그 휴대전화. 번호를 누를 때마다 음성으로 번호 안내가 나오던 폴더형 휴대전화를 마지막으로 보고 있자니 울컥 치밀어 올라오는 것이 있었습니다. 돌아가신 후 확인해 보니 어머니는 거의 저하고만 통화를 하셨더군요. 발신자도 제 번호, 수신자도 제 번호. 다른 수신번호는 아예 안 받으셨던 모양입니다. 몸도 마음도 쇠하시니 오직 아들하고만 소통하시려 했던 거 같습니다.

이 전화기를 사드린 후 10년 동안 어머니와 매일 통화를 했습니다. 평일엔 퇴근하며 전화를 했고 주말엔 6시 30분까지 전화를 안 드리면 어머니가 전화를 주셨습니다. 아들과 멀리 떨어져 있는 걸 힘들어하셔서 출장도 말없이 다녀와야 했습니다. 그래서 해외 출장 가서도 한국 시간으로 저녁 6시에 맞춰서 전화를 드렸습니다. 마치 한국에 있는 것처럼 말입니다.

어머니와의 소통 창구였던
이 전화기를 이제 해지하려 합니다.

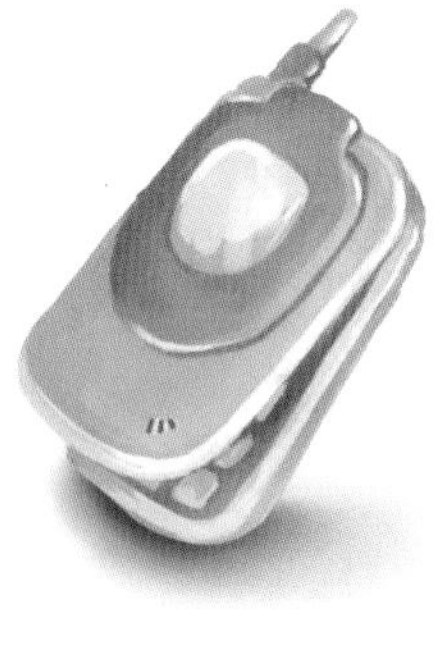

어머니 돌아가시던 날

그날도 퇴근길에 전화를 드렸습니다. 어머니는 식사 중에 사레가 들었다고 하셨습니다.

"내가 지금… 콜록콜록… 조금 있다 내가 전화할게."

어머니 목소리에 아직 힘이 있었고 가끔 식사하시다 사레가 들기도 하셔서 대수롭지 않게 생각하고 저녁 약속 장소로 갔습니다. 간단히 식사하고 나왔는데 누나에게서 부재중 전화가 와있었습니다.

"어머니가 응급실에 계시는데 마지막으로 심폐소생술을 하고 있어."

응급실로 달려갔습니다. 숨을 쉬기 힘들 만큼 가슴이 뛰었습니다. 불길한 예감이 들었고 무사히 넘어갈 거 같지 않았습니다. 큰일이 벌어질 거 같았습니다. 응급실 커튼을 젖히자 어머니는 이미 이 세상 분이 아니었습니다. 몸에는 아직 온기가 느껴졌지만 아무리 흔들어도 말씀이 없으셨습니다. 이미 모든 게 지나가 버렸습니다. 심근경색으로 추정된다는 의사 소견만을 들은 채 장례 절차에 들어갔습니다.

장례를 치르는 사흘 동안을
어떻게 보냈는지 모르겠습니다.
울고 또 울었습니다.

님아
그 강을 건너지 마오

2014년 늦가을, 여느 때처럼 퇴근길에 어머니와 통화했습니다. 점점 기력이 쇠해져 가시는 걸 목소리로 느낄 때마다 '이 통화를 언제까지 할 수 있을까' 생각이 들곤 했습니다. 그 무렵 어머니와의 통화는 생존을 확인하는 동시에 이별의 시간이 다가오는 거 같은 예감도 들어 마음이 참으로 무거웠습니다. 통화가 끝나고 왠지 영화 '님아 그 강을 건너지 마오'를 봐야겠다는 생각이 들어 극장으로 향했습니다. 오랜 세월 함께 지낸 노부부의 이별은 어떤 걸까 보고 싶었던 거 같습니다. 극장 안에는 사람이 별로 없었고 일부러 구석자리를 찾아 웅크리고 앉았습니다. 영화를 보며 사람의 일생에 대해 부부에 대해 삶과 죽음에 대해 생각했습니다. 80년 가까이 함께한 부부가 이별을 할 때는 어떤 기분일까, 한 사람을 보낼 때 어떤 모습일까.

영화가 끝나고 불이 켜지자 비로소 극장 안의 사람들이 눈에 들어왔습니다. 제법 관객들이 들어차 있었고 대부분 혼자였으며 여성분들이었습니다. 밖으로 나오니 초겨울 바람이 불었습니다. 시간은 밤 10시가 넘었습니다. 갑자기 어머니가 너무나 보고 싶어졌습니다. 꼬옥 안아드리고 볼이며 이마에 입맞춤하며 어머니 목소리를 듣고 싶어졌습니다.

"어머니 아직 안 주무시고 계셨어요? 저 잠깐 얼굴만 보고 갈게요."

"자는데 다음에 와…그래 그럼 와…."

어머니 얼굴을 두 손으로 감싸고 안아드렸습니다. 눈물이 주르르 흘렀습니다. 눈물이 멈출 때쯤 안았던 팔을 풀었습니다.

"추운데 따뜻하게 하고 주무세요."

"다들 어렵게들 사는데 이 정도 사는 게 얼마나 감사한 거니."

"네, 갈게요."

집으로 향하는데 길가에 낙엽들이 여기저기 쓸려 다니며 심하게 나부끼고 있었습니다.

사람이 태어날 땐 늙은 모습으로 태어나 마지막엔 가장 젊고 찬란한 모습으로 마감한다면 이별의 애통함이 덜 할까. 인간이 마지막으로 가는 길의 모습은 너무나 나약해 보여 처연합니다. 그걸 지켜봐야만 하는 사람들은 그래서 더욱 고통스럽습니다.

그 말을 꺼내기가 그렇게 힘드셨나요

어머니가 돌아가시기 석 달 전, 그러니까 10월 어느 날이었네요. 어머니와 점심을 같이 하고 근처 한강에 바람을 쐬러 갔습니다. 도착해서는 바람이 솔솔 부는 곳에 간이 의자 두 개를 놓고 강을 바라보며 나란히 앉았습니다. 어릴 적 동네 한강에 식구들이 다 같이 가서 돗자리 깔고 과일도 먹으며 낮잠도 잤던 평온했던 시절이 떠올랐습니다.

다리 밑은 한여름에도 서늘해 자다 깨면 한기가 조금 올라오곤 했습니다. 그래서 언제나 사람들이 가장 먼저 몰려드는 곳이었습니다. 공놀이를 하고 허기지면 싸온 도시락을 먹고 지치면 누워 잠 들던 곳. 군대 제대하고 백수 시절 어머니가 '제대도 했으니 자기 몫을 했으면 좋겠다'는 아버지 말씀을 어렵게 전하며 미안해 하시던 장면도 생각났습니다. 이처럼 한강에 대한 많은 추억을 공유하고 있건만 이날처럼 쓸쓸하게 느껴진 적도 없었습니다. 피곤함이 몰려왔습니다.

"어머니, 나 잠깐 잠들어도 돼요?"

"응 얼른 자."

"네, 그럼 조금만요.."

그렇게 잠시 잠들다 깼습니다. 어머니는 여전히 말없이 강을 바라보고 계셨습니다.

"우리 엄마 옛날에 진짜 예뻤는데."

"내가 뭐가 예뻤니…."

늘 목소리에 힘이 있고 더듬거린 적이 없었던 어머니였지만 이젠 소리도 잦아들고 모든 걸 내려놓은 듯한 말씀처럼 들렸습니다.

가을하늘이 조금 흐렸던 그날.

세월이 흘러도 한강은 그대로인데 우리들의 모습은 많이 변해 있었고 같이 할 시간도 이제 얼마 안 남았다는 느낌이 자꾸만 밀려왔습니다.

너를 내가 낳았다는 게 믿기지 않아

"새해에도 복 많이 받으시고 더 건강하세요, 어머니."

"그래 우리 아들도 좋은 일 많이 생기길 바란다."

2015년 새해 첫날 어머니께 세배를 드렸습니다. 그러자 어머니는 앉아서 저한테 맞절을 하셨습니다. 그리고 이번엔 독백하듯 말씀하셨습니다.

"너를 내가 낳았다는 게 믿겨지지가 않아…."

한 번도 그런 말씀을 안 하셨는데 왜 이런 어색한 말씀을 하시는 걸까. 곧이어 안방에서 커다란 밥상을 두 팔로 잡고 내오시더니 상다리를 손수 펴시곤 식사를 차리셨습니다. 우리집이 설에 늘 먹던 떡국, LA갈비, 잡채, 물김치, 도라지, 오이무침이 나왔습니다. 배불리 먹었는데도 어느새 떡국 냄비를 가져오셔서는 "반공기만 더 먹어." 하십니다.

아직도 철없는 막내는 "어머니, 먹고 안 먹고는 물어보시고 가져오세요. 배불러서 더 못 먹겠어요." 합니다.

그러자 어머닌 "그래…그럼." 하시곤 국자에 담긴 떡국을 도로 냄비에 붓습니다.

어머니는 그리고 20일 후에 돌아가셨습니다. 마지막까지 큰 밥상을 직접 끌어 내오시고 미리 준비한 명절 음식을 내놓던 큰 손 어머니. 당신에겐 자식에게 한 숟가락이라도 더 먹이는 게 일생 가장 큰 소명이었나 봅니다. 살아 움직이던 어머니의 마지막 모습은 적어도 저에겐 그렇게 각인되어 있습니다.

'너를 내가 낳았다는 게 믿어지지가 않아…'

어머니, 그날 왜 그런 말씀을 하셨나요.

그리고 왜 안 하던 맞절을 하셨나요.

정말 이별을 예감하고 작별인사를 하셨던 건가요.

당신 없는
당산동 성당의 미사

어머니 장례를 치르고 며칠 후 당산동 성당에 새벽 미사를 드리러 갔습니다. 미사를 마치고 나오는데 낯익은 동네 아주머니를 만났습니다.

"어머니 소식 들었어. 에휴 너무 멀리 가셨어. 어머니가 나한테 잘해줬었는데 괜히 내 마음이 안 열려서 잘해주질 못했어."

너무 멀리 가셨구나, 우리 어머니.

이제부터 저는 곧 어머니인 거고 우린 같이 있는 겁니다.

그동안 감사했어요.

이제 편히 쉬세요.

나중에 꼭 다시 만나요.

나의 마리아님.

동그란 길로 가다

박노해

누구도 산정에
오래 머물 수는 없다
누구도 골짜기에
오래 있을 수는 없다

삶은 최고와
최악의 순간들을 지나
유장한 능선을
오르내리며 가는 것

절정의 시간은 짧다
최악의 시간도 짧다
천국의 기쁨도 짧다
지옥의 고통도 짧다

긴 호흡으로 보면
좋을 때도 순간이고
어려울 때도 순간인 것을
돌아보면 좋은 게 좋은 것이 아니고
나쁜 게 나쁜 것이 아닌 것을
삶은 동그란 길을 돌아나가는 것

그러니 담대하라
어떤 경우에도 너 자신을 잃지 마라
어떤 경우에도 인간의 위엄을 잃지 마라

나,
이런 사람이야

부모님이 처음으로 같이 찍은 사진은 만난 지 3일 만에 찍은 겁니다. 아버지 22살 어머니 19살에 찍은 사진인데, 두 분 다 나이에 비해 조숙하고 마치 오랜 연인처럼 참 다정한 포즈로 찍으셨습니다.

부모님이 만나게 된 건 우연이었다고 합니다. 두 분 모두 수원에 사셨는데 어느 날 아는 지인 집에서 우연히 보게 되었고, 본 순간부터 어머니는 심한 상사병에 걸리셨다고 합니다. 훗날 어머니는, 당시 수원에 대학생이 모두 세 명이었는데 그중 한 분이 아버지였다고 하셨습니다. 아마도 순진한 시골 처녀가 훤칠한 외모에 서울에 있는 대학의 학생이라 하니 곧바로 반해버린 게 아닌가 추측해봅니다.

아버지는 꽤나 멋쟁이였다고 합니다. 그 당시 옷차림과 헤어스타일만 봐도 요즘 젊은이들 못지않았습니다. 받은 대학 등록금으로 어머니 옷을 사주시거나 데이트 자금으로 다 써서 집에서 혼나시기도 했다네요. 한 번은 같이 극장에 갔는데 매표원에게 지갑 안을 슬쩍 보여주면서 "나, 이런 사람이야!" 하고 극장 안으로 들어가셨답니다. 어머니는 영문을 몰라 보여준 게 뭐였냐고 물으니 "주민등록증." 하셨답니다.

시골 처녀와 서울 대학생의 만남.

운명인지 우연인지 모를 두 분의 만남은 이렇게 시작되었고 이후 네 남매를 낳으셨으며 50년 가까이 함께하셨습니다. 그리고 이제 나란히 누워서 여전히 함께하고 계십니다. 참으로 질긴, 사람의 인연입니다.

58년도의
결혼사진 한 번 보세요

신입사원 시절의 나

그리고 부모님의 58년도 결혼사진

그때 우리는
모두가 함께였습니다

부모님과 가족이 함께 여행 다니던 그때가 그립습니다.

설악산에 올라 중간 그늘집에서 도토리묵과 파전을 먹던 그때가 그립습니다. 여름휴가를 온양 온천으로 가서 아버지와 목욕하고 등 밀어드리고 현충사를 산책했던, 광복절엔 독립기념관에 무료로 입장해 다 같이 거닐던 그때가 그립습니다.

늦가을 안면도를 향해 가던 중 엄청난 철새떼가 석양과 함께 빚어낸 풍경화를 가족과 목격할 수 있음에 뿌듯했던 그때가 그립습니다. 도착하면 어머니는 늘 챙겨오신 쌀과 찬거리로 저녁 준비를 하셨습니다. 마치 외식을 하면 당신 할 일을 다 하지 않는다고 생각하시는 거처럼 보였습니다. 이미 수년 전 "일이라면 지겹게 해서 나이 60 넘으면 누가 차려다 주는 밥만 먹고 싶다." 하셨는데도 말이죠.

그때를 회상하며 그리워할 줄은 알았지만 이렇게 빨리 올 줄은 몰랐습니다.

우리가 생각하는 먼 훗날은 그렇게 멀리 있는 거 같지 않습니다. 어느 날 고개를 쳐들고 주위를 둘러보니 이미 아무도 없고 그때를 그리워하고 있으니까요.

지금도 들리는 어머니 숨소리

유아 시절

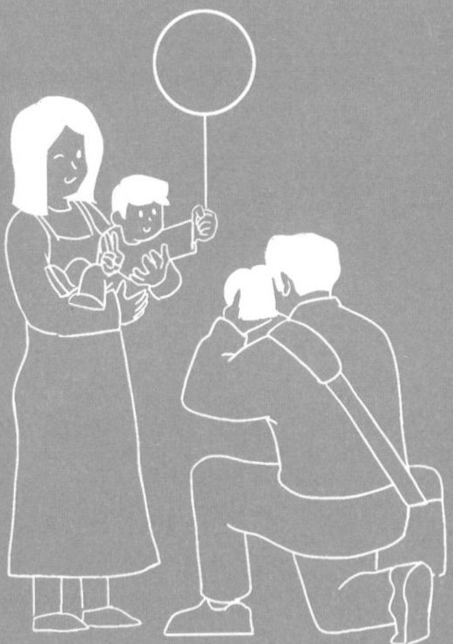

내가 고양이라뇨?

저의 태몽은 고양이라네요.

어머니 30살 때 어느 날 낮잠을 주무시다 꿈을 꾸셨는데, 창가에 고양이 세 마리가 앉아있었고, 그중에서 유난히 토실토실한 고양이가 있어 품에 안고 주무셨다는 겁니다. 어릴 적엔 저의 태몽이 고양이였다는 사실이 좋지는 않았어요. 고양이를 별로 좋아하질 않았으니까요. 그리고 이왕이면 용이나 호랑이나 사자 뭐 이런 거도 아니고 고양이가 뭐냐고 생각한 겁니다.

그 당시 어머니 나이면 늦둥이 출산이었습니다. 동네 산파가 집에서 저를 받아주셨다는데요. 4남매 중 막내로 태어났기에 참 예쁨을 많이 받았다고 자주 어머니 친구분들이 말씀하셨지요. 하지만 처음 제가 생기자 어머니는 저를 낳지 않으려고 하셨답니다. 원하지 않은 임신이고 네 명의 아이들을 건사하기가 벅찼던 거죠. 그렇지만 아버지는 낳기를 원하셨고, 그래서 결국 두 분이 합의를 보신 게 점집을 찾아가서 점쟁이가 말하는 대로 결정하자는 거였다네요. 다행히도 그 점쟁이 아저씨가 저를 안 낳으면 크게 후회할 거라 했답니다.

얼마 전 택시를 탔는데, 기사 아저씨가 68년도에 북한에서 김신조가 내려왔을 때 군대 가서 고생을 잔뜩 했다는 이야기를 하셨습니다.

"아저씨, 그럼 그해 여름도 기억하시겠네요. 그때 많이 더웠어요?"

"말도 마. 굉장히 더웠어. 그때는 선풍기가 있어 뭐가 있어. 그냥 참는 거잖아."

가만있어도 더웠을 그해 여름.

나를 낳으시느라 얼마나 힘드셨을까, 우리 어머니.

백일 되던 날
내 모습

세상 밖으로 나와서 어머니와 인사 나눈 지 백 일째 되던 날입니다.

어려운 형편에도 막내의 조막만한 손발을 꼼꼼히 채우셨을 어머니의 모습이 그려집니다. 태어나서 길게 찢어져만 있던 눈이 다 떠지는 걸 확인하곤 안도의 한숨을 쉬셨다는데요. 당시 어머니는 31살이셨고 2남 2녀를 두셨습니다.

오늘 어머니 49재를 다녀왔습니다. 이제 탈상이라곤 하지만 앞으로도 어머니는 저이며 제가 곧 어머니입니다. 제가 살아 숨 쉬는 동안 우리는 같이 있는 겁니다.

돌 때 기억이 안 나신다고요?

어머니는 넉넉지 않은 살림에도 막내 돌잔치를 풍성히 해주셨지요.

사실인지 아닌지 모르겠지만 저는 돌 때의 기억이 있습니다. 그날 열이 좀 나고 컨디션이 안 좋았는데요. 어머니가 부엌에서 연신 음식을 차려 오시는데 저를 위한 날이긴 했지만 다 귀찮았던 겁니다. 사진 찍는다고 억지로 카메라를 쳐다보고 웃으라는데 죽을 맛이었죠. 그 이야기를 나중에 어머니께 할 때마다 어머닌 재밌다고 웃으셨구요.

"얘는 내 뱃속에 있을 때도 기억난다는 아이야. 근데 그날 얘가 정말 아프긴 했는데."

생각해보니 정말 어머니 뱃속 시절도 기억나는 거 같기도 했습니다. 정말일까요. 실제 그랬는지 아닌지는 모르겠습니다.

그냥 어머니와 저만의 이야기를 나누던 그 시절이 그립습니다.

이젠 더 이상 그럴 수가 없으니까요.

그때 다섯 살 된 저를 업고 누구와 무슨 얘기 나누셨나요

제가 유년시절을 확실히 기억할 수 있는 건 청운동에서 살던 5살 무렵부터입니다.

손바닥에 작은 물렁공을 쥐고 쥐락펴락하던 일, 바로 옆집이었던 청운각이란 요정 뜰에서 동네 친구들과 즐겁게 뛰어놀던 일, 저녁이 되면 양복 입고 선글라스 쓴 아저씨들이 속속 그 안으로 들어가던 일.

그리고 어느 날 밤, 어머니는 저를 등에 업은 채 집 앞 가로등 밑에서 이웃 아주머니와 얘기를 주고받으셨습니다. 두 손으로 제 엉덩이를 감싸 쥔 채 한동안 대화가 이어졌습니다. 제 엉덩이가 내려가면 허리를 이용해 순간 재차 들어 올리고 하기를 반복했습니다.

저는 업힌 자세가 불편해서 "엄마, 그만 들어가자." 합니다. 어머니는 그런 저를 향해 고개를 조금 돌려서는 “조금만 참아 아가야, 다 끝났어.” 하십니다. 나무 전신주에 걸려있던 가로등이 어두운 집 앞 골목을 희미하게 밝히던 그날 밤 풍경은 지금도 생각날 때마다 어릴 적 그때로 추억 여행을 떠나게 합니다.

그날 어머니의 큰 두 손은 마치 이불보처럼 제 엉덩이를 감싼 채 받치고 있었으며, 집에 가자 채근하던 저는 천근만근 무거운 두 눈을 깜빡이며 자꾸만 까만 나무전신주 가로등 불빛을 쳐다보고 있었던 겁니다.

어머니,
기분 좋으세요?

저는 어머니가 '아 지금 기분이 참 좋으시구나' 하는 걸 금세 알 수 있습니다. 어머니는 컨디션이 좋으시거나 흥이 솟아오르면 무언가를 흉내내시곤 하셨습니다. 가령 제가 아기 때 어머니 젖을 찾았던 걸 흉내내시며 "얘, 너 그건 기억 안 나지? 어찌나 나오지도 않는 젖을 그냥 쪽쪽 빨아대던지 어휴 내가 아파서 혼났어 너땜에. 얘, 내 입모양 봐봐. 이렇게 빨았다니까. 쪼옥쪼옥." 하면서 입모양까지 오므리시곤 했습니다. 이 얘기만 열 번은 들은 거 같습니다.

그리고 어느 날엔 '나 기분이 너무 좋아'라는 걸 보여주고 싶어 안달이 난 사람처럼

"얘, 나 좀 봐봐." 하시고선 당신이 하실 수 있는 최고의 하회탈 웃음을 보여주시곤 했습니다. 그때를 떠올리면 이순구 화백의 '웃는 얼굴'이 생각납니다. 지금 생각하면 어머니는 순간순간

솟구치는 행복감을 그렇게 보여주시고 싶었던 거 같습니다.

어머니의 성대모사와 표정 흉내는

비록 완성도가 높지 않은 자기복제 성격이 강했지만,

그 순수함에 중독된 팬으로서

이제는 더 이상

앵콜 공연을 볼 수 없다는 생각에

또다시 서글퍼집니다.

지금도 들리는
어머니 숨소리

초등학교 들어가기 전 어머니 품에 안겨 낮잠이 들곤 했습니다. 그때마다 어머니의 숨소리를 느낄 수 있었습니다. 어머니 들숨에 따라 들이마시고 날숨에 따라 내쉬곤 했습니다. 조금씩 조금씩 어머니 숨이 끝날 때까지 따라 했고 그리고 다시 어머니 숨이 시작되면 저도 똑같이 따라 하고.

그러다 어느 순간 "아가야 저녁 먹어야지." 하는 소리에 깨어 보면 어머니는 벌써 일어나서 저녁상을 차려 방안으로 들고 오시는 거였습니다.

아하 낮잠 한숨 잘 잤네.

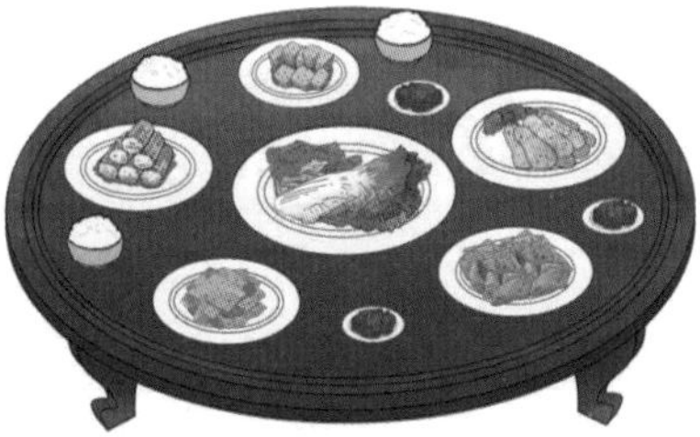

어머니의 힐링법

초등학교 시절

초등학교 입학식 손수건

초등학교 입학식 날 여느 학생들과 마찬가지로 어머니 손을 잡고 학교로 갔습니다.

설레기보다는 끌려가는 기분이었던 거 같습니다. 집에서 걸어서 15분 정도 거리였는데 늘 자유롭게 뛰어놀다가 이젠 그럴 수 없다는 게 싫었습니다. 저학년 시절에는 빨리 어른이 됐으면 좋겠다고 생각했었습니다. 아이니까 그저 시키는 대로 할 수밖에 없다는 게 답답했습니다. 어른들은 자기들 하고 싶은 대로 다 하는 줄 알았으니까요.

학교에 들어서니 입학생들로 운동장이 꽉 차 있었습니다. 입학생들은 가슴에 손수건을 하나씩 달고 있었는데 그때는 왜 다들 그랬을까요. 아이들이 코를 잘 흘리고 다녀서 닦으라고 그랬다는데 그래서 저는 어머니에게 이렇게 항변했습니다.

"난 코도 안 흘리는데 나도 이걸 달아야 돼?"

어린 마음에도 이건 아니지 했던 거 같습니다.

입학식 날 집을 나서기 전 어머니가 눈을 꼭 감고 있으라며 로션을 얼굴에 꼼꼼히 발라주셨던 게 기억납니다. 유난히 크고 도톰했던 어머니 손길이 때론 아프게도 느껴졌지만 이젠 마냥 그리웁기만 합니다.

초등 1학년 때
새 구두를 잃어버렸지만

어머니는 자식들 먹이는 거와 입히는 거만큼은 늘 아낌없이 쓰셨다는 말씀을 자주 하셨습니다.

넉넉지 않은 형편에 아낄 것도 별로 없었지만, 있는 모든 걸 이 두 가지에 쏟아부었다는 게 맞을 거 같습니다. 그리고 자식들에게 비싼 옷은 아니었지만 깔끔하고 정갈하게 입히려고 했습니다. 어머니 당신도 그러셨지만 제 단추도 맨 윗단추까지 꼭 채워 주셨지요.

초등학교 1학년 어느 날 예쁜 검정색 구두를 사주셨습니다.

새 구두라 학교에 신고 가기가 부담스러웠습니다. 교실 앞 신발장에 두고 실내화로 갈아 신어야 했기에 혹시나 잃어버릴까 걱정되기도 했습니다. 아니나 다를까. 수업 끝나고 복도로 나와 보니 신발장에 구두가 없는 겁니다. 아무리 다시 봐도 구두는 없었습니다.

'엄마한테 혼나면 어쩌지'

학교로 매일 데리러 오시던 엄마를 만났습니다.

"엄마, 구두가 없어졌어. 누가 가져갔나 봐."

"응 괜찮아. 엄마가 그 구두랑 똑같은 걸로 또 사줄게."

어머니는 막내에게 잃어버린 구두와 똑같은 새 구두를 얼마나 사주고 싶으셨을까요.

그날 잃어버린 구두 대신 어떤 신발을 신고 집에 왔는지는 기억나지 않습니다. 그리고 똑같은 새 구두를 사주시진 않았던 거 같습니다.

단지, 그날을 생각하면 어머니는 참 커 보였고 고마웠고 미안했습니다.

이제 혼자 학교 가렴

초등학교에 입학해서 한동안은 어머니가 등굣길과 하굣길을 같이 해주셨습니다. 수업 끝날 때쯤이면 창가에 어머니가 나타나셨습니다.

그러던 어느 날 "오늘은 너 혼자 가봐. 이따 끝날 때 데리러 갈게." 하시는 겁니다. 할 수 없이 혼자 처음 등교를 했는데 이번에는 수업이 파할 때가 됐는데도 어머니가 나타나시질 않는 겁니다. 기다리다 결국 혼자 투덜대면서 집으로 왔습니다. 집에 오니 어머니가 계셨습니다. 그때 깨달았습니다.

'아 이젠 학교에 혼자서 다니겠구나'

그때만 해도 어머니와 목욕탕도 여탕으로 갔고 밤에 잘 때는 어머니 젖을 만지면서 잤습니다. 젖을 못 뗐던 거죠. 하루는 어머니가 밤에 젖을 못 만지게 하셨습니다. 젖을 떼게 하려던 거였죠. 저는 불 꺼진 방에서 안 자고 앉아서 시위를 했습니다. 얼마나 흘렀을까요. 어머니가 만지라며 백기를 드셨습니다.

학교를 혼자 다닌 지 얼마 되지 않아 젖을 뗐으며 언제부턴지 정확하게 기억나진 않지만 어머니와 목욕탕도 더 이상 가지 않게 되었습니다. 덕분에 같은 반 여학생을 탕에서 마주치며 놀랄 일이 더는 생기지 않는 건 좋았지만, 형 따라 남탕에 처음 들어갔을 때 무언가에 압도되어 받았던 충격으로 한동안 목욕탕 가는 걸 꺼렸습니다.

어릴 적 꼭 붙어 다녔던 어머니 품에서 하나하나 벗어날 때쯤 저는 비로소 유아적 모습에서 깨어나고 있었으며 조금씩 남자의 길을 학습하고 있었던 겁니다.

어머니,
저 좀 봐주세요

어릴 적, 겨울이 되면 집안에는 난로와 그 위로 연기가 빠져 나갈 연통이 설치되었습니다. 집마다 연통을 통해 연기를 내뿜는 게 일반적인 풍경이던 시절이었습니다. 그리고 연통은 아래로 내려갈수록 뜨거웠는데 손으로 감싸면 적당히 따뜻한 부분이 있었습니다.

초등학교 저학년 시절 학교가 파하고 집에 오면 혼자 있기 일쑤였습니다. 어머니는 해가 어둑해질 무렵 들어오셔서 바로 저녁 준비를 하셨습니다. 하루는 집에서 혼자 연통을 만지작거리고 있는데 어머니가 창밖에서 걸어오시는 게 보였습니다. 저는 얼른 이마를 연통에 대고 뜨거워지길 바랐습니다.

그리고 어머니가 들어오셨을 때 이마에 열이 난다며 만져보라고 했습니다. 어머니는 손을 제 이마에 갖다 대고는 "열이 좀 있네. 이불 속에 들어가 있어." 하셨습니다.

그때는 내 연기가 들키지 않고 어머니 관심을 끄는 데 성공했다고 생각했습니다. 하지만 그때 어머니는 정말 속으셨을까요. 이마를 만져보기도 전에 제 말과 표정을 보고선 이미 눈치를 채지 않으셨을까요. 그리고 눈감아 주신 거 아닐까요. 이렇게 생각하시면서 말입니다.

'우리 애기가 엄마 사랑을 받고 싶어하는구나'

초3때
산수 시험지 보여주고 따귀 맞다

어릴 적엔 그저 나가 놀기만 했습니다.

동네에서 축구 야구 닭싸움 등 뛰어노는 데만 정신이 팔렸었습니다. 당연히 공부는 뒷전이었는데요. 초등학교 3학년 때였습니다. 우리 집이 막 종로에서 영등포로 이사하던 해였는데 집안 형편이 어려웠던 시기였습니다. 이사하고 첫시험이었던 거 같은데 산수 과목을 60점 받았습니다.

시험지에 빨간색 색연필로 60점이 쓰여 있었고, 숫자 아래에 줄이 두 개 그어져 있었습니다. 제가 보기에도 집에 가져가기 싫은 점수였지만, 집에 오자마자 뒷문 한켠에서 쪼그려 앉아 빨래하시던 어머니에게 시험지를 보여드렸습니다.

"엄마, 시험지…."

고무 대야 안에 빨래판을 넣고 빡빡 문지르시며 빨래를 하던 어머니는 시험지 점수를 보시고선 말없이 고무장갑을 벗으며 천천히 일어나셨습니다. 그러고는 냅다 따귀를 때리셨습니다. 그 때 어머니의 손은 참으로 매웠습니다. 볼이 얼얼해진 채 고개를 들지 못했습니다. 여기까지가 그날의 기억입니다.

그즈음 어머니는 여러 가지 일로 많이 지쳐있었던 모양입니다. 삶의 무게가 양 어깨를 짓누르고 있었나 봅니다. 훗날 어머니가 지치고 쇠해졌을 때, 다신 회복할 수 없는 그때의 어머니 기력이 생각나 더 애달프고 슬퍼졌습니다.

어릴 적 하숙생 10명
그리고 식당 운영

아버지의 사업실패로 초등학교 3학년 때 청운동에서 영등포로 이사했습니다.

철부지 어린아이였던 저는 이삿짐 트럭을 타고 여행 가는 기분으로 들떠 즐거워했던 거 같습니다. 가난했지만 가난을 느끼지 못했던 데에는 너무 어려서이기도 했지만 단단한 어머니가 밝은 에너지로 든든하게 버티고 계셨기 때문이었습니다.

우리 집은 이사하자마자 곧 하숙집이 되었습니다. 하숙생이 하나둘 늘더니 곧 열 명이 되었습니다. 하숙 일에서 오는 고단함은 고스란히 어머니 몫이었습니다. 새벽에 일어나 열 명의 하숙생과 여섯 명의 식구, 즉 16인분 식사를 차리시면 식사 장소인 마룻바닥은 발 디딜 틈조차 없이 사람들로 꽉 찼습니다.

저녁에 하숙생이 하나둘씩 도착하는 대로 식사를 내오던 어머니는 하루에도 식사를 열 번은 차리시는 거 같았습니다. 그런 가운데서도 밤늦게 들어온 하숙생이 식사하면 어머니와 저는 다 같이 TV를 보면서 웃으며 이야기꽃을 피웠던 기억이 납니다.

그러다 부모님은 제가 5학년 때에 집 근처에 작은 식당을 차리셨습니다. 하숙은 하숙대로 식당은 식당대로 어머니의 고달픈 생활에 삶의 무게가 더해진 겁니다. 한창 동네가 개발되던 때라 공사장도 많았고 그 인부들이 우리 식당으로 한 달 치 식대를 내고 단체로 몰려와 식사하던 풍경도 생각납니다.

학기 초 집에 가방을 두고 식당에 가보니 같은 반 여학생들이 식당에서 부모님과 사이좋게 당면 사리를 펴고 있는 겁니다. 깜짝 놀라 뒷문으로 나오는데 뒤에서 아버지가 "저런 미련 곰탱이 같은 놈." 하셨던 기억도 납니다.

훗날 담임 선생님까지 비밀 방문도 하셨었는데 그땐 왜 우리 식당에 아는 사람들이 오는 게 그렇게 싫었는지. 점심 식사 시간대가 끝나고 설거지 등의 마무리가 끝나면 요즘 말로 브레이크 타임에 어머니는 기다랗게 나열되어 있는 의자를 붙여 두 손을 모아 베개 삼아 단잠을 주무셨습니다. 새벽부터 하숙생 식사 준비로 시작해서 밤늦게 가게 문을 닫은 후에도 일은 끝나지 않았습니다. 술을 거나하게 마신 하숙생이 집에 와선 속이 쓰리다며 밥이 먹고 싶다 했습니다.

어머니, 그때 얼마나 힘드셨을까요.

그 와중에도 친척들은 수시로 우리 집을 찾고 몇 달씩 기거하기도 했습니다. 지금 생각하면 사람이 할 수 있는 일이었을까 경외감이 듭니다. 그런데도 그때 멋쟁이 하숙생 형들 덕분에 턴테이블로 엘비스 프레슬리 음악도 듣고 일요일에는 아침 먹고 다 같이 조기 축구도 했습니다.

집안이 경제적으로 힘든 시절이었지만 우리는 하루하루 생활을 버티거나 해낸 게 아니라 잘하고 있었던 겁니다. 그리고 그럴 수 있었던 건 어머니의 대단한 생활력과 웃음을 잃지 않은 긍정의 힘 덕분이라는 생각이 듭니다.

보온병 깨뜨리고 혼날까 봐

어머니 사랑과 관심을 받고 싶던 시절에도 때로는 어머니가 무서워 보일 때도 있었습니다. 어머니는 때론 냉정하고 차갑기도 했습니다. 화를 내거나 야단칠 때는 매서우셨습니다.

우리 남매들 간에는 형과 큰누나 싸움이 열강들 간의 메인 이벤트인 셈이었는데 둘은 크게 다투다가도 어머니가 나타나면 언제 그랬냐는 듯 딴청을 피웠습니다. 들키면 그냥 넘어가지 않고 제대로 혼났으니까요. 전 그런 분위기를 알고부터는 어머니가 절대강자라고 생각했습니다.

그러던 어느 날 장롱 위에 있던 물건을 내리려다 그만 보온병을 떨어뜨렸습니다. 깜짝 놀라 보온병을 살펴보니 깨져있었습니다. '아 어떡하지.' 너무나 두려워서 보온병을 다시 위에 올려놓았습니다. '조용히 지나갔으면 좋겠다…'

그러나 곧 어머니는 우리 남매 넷을 집합시켰습니다.

"누가 그랬는지 솔직하게 말하면 안 혼낼 게. 누가 그랬니?"

하지만 전 대답을 못 했습니다. 결국 자수하는 범인이 안 나온 채로 1차 소환조사는 끝났습니다.

그 일이 어떻게 처리됐는지는 기억나지 않습니다. 혼났던 기억도 나질 않습니다. 그러나 아마 제 표정으로 이미 사건을 가늠하고 그 일은 그렇게 묻으신 게 아닐까 훗날 짐작할 뿐입니다. 당신 어린아이의 표정에서 모든 걸 읽을 수 있는 게 어머니이니까요.

자식들이 다쳤을 때

작은누나가 초등학생 때 관절염을 앓았습니다. 어머니는 누나를 들쳐 업고 병원으로 뛰었습니다. 수술 후 퇴원한 누나한테 잘해주라고 어머니가 당부했습니다. 초등학교 3학년 때 발목을 삐었을 때도 어머니는 저를 업고 한의원으로 가셨습니다. 형이 그네 줄이 끊겨 넘어졌을 때도, 사다리 타다 미끄러지며 삐져나온 못에 찔렸을 때도 어머니는 간호사처럼 재빨리 응급처치를 하셨습니다.

한 번은 집에서 막 뛰어놀기 시작할 무렵 부엌에서 뒤뜰로 뛰어나가다 넘어져 시멘트 턱에 눈썹을 찧었습니다. 피가 철철 나고 눈앞에 아무것도 보이질 않았습니다. 어머니는 역시 저를 급히 업고 방안에 누인 다음 상처 부위에 테라마이신 가루를 피부으셨습니다.

“어떤 거 먹고 싶니?”

“라면땅하고 사과.”

작은 누나가 급히 뛰어가 사가지고 왔습니다. 그걸 먹자 아픈 거도 금세 잊었습니다. 속으로 생각했습니다.

‘우리 엄마는 분명히 간호사야.’

지금도 그때의 흉터가 남아 있습니다. 하지만 이 상처 덕분에 어릴 적을 소환할 수 있어 감사하게 생각합니다.

낳고 기르고 책임지며 온몸을 던지는 모성애는 세상에서 가장 위대합니다.

시험 때
산수를 가르쳐주시던

초등학교 시절 산수 과목을 잘 못했습니다. 구구단도 2학년 때 뗐을 정도로 많이 느렸습니다. 4학년이 되자 덧셈 뺄셈 자릿수는 늘어만 갔고 세자릿수 곱셈 나눗셈은 버겁기만 했습니다. 거기에다 시험도 벼락치기로 준비하다 보니 시험 전날은 12시 넘어서도 산수 공부로 애를 먹었습니다.

어머니는 주무시려다 말고 저에게 와서 하나하나 차근차근 가르쳐 주셨습니다. 공부도 공부지만 정서적으로도 도움이 됐습니다, 불안감과 외로움이 많이 사라졌으니까요. 어머니는 먼저 들어가시고 캄캄한 새벽 또다시 혼자서 마음이 급해졌지만 그날의 가르침은 가슴속에 따뜻하게 남아있습니다.

누군가 힘들고 헤매고 있을 때 그 옆에서 같이 함께 해준다는 게 얼마나 위안이 되는지 깨달았던 밤이었습니다. 결국 인생은 혼자 가는 고독한 여정이지만 말입니다.

10살 때
3월의 석양

10살 때 3월, 어느 날 저녁 무렵.

지는 석양이 무척 아름다웠던 그날, 어머니는 저녁 준비하시다 멈추고선 나와 같이 먼 산 너머 지고 있던 붉은 태양을 한참 동안 바라보았습니다. 서로 아무 말 없이 그냥 넋 놓고 바라보았습니다.

오늘 그때 같은 석양을 바라보았습니다.

그날 어머니는 무슨 생각을 하셨을까요.

네가 설거지를 왜 해

초등학교 4학년 어느 날 저녁.

부엌에는 설거지거리가 쌓여 있었고 집에는 아무도 없었습니다. 왠지 설거지가 하고 싶어졌습니다. 아마 어머니 짐도 덜어드리고 칭찬도 듣고 싶었나 봅니다. 어머니가 들어오시자 저는 짜잔 하고 마치 마술사가 망토를 걷어 젖히듯이 설거지 깨끗이 한 걸 보여드렸습니다. 근데 어찌 된 걸까요. 제 기대와는 반대로 어머니는 역정을 내셨습니다.

"내가 언제 너보고 설거지하라고 했어. 앞으로 부엌에는 들어오지도 마. 넌 그저 공부만 열심히 해."

그땐 이해를 못했습니다. 왜 어머니가 그러셨는지를. 당시 불규칙하게 일하던 아버지가 집에 계시는 시간이 많아지자 어머니는 아버지가 밖에 나가지 않고 집에 계신 걸 못 견뎌 하셨던 거 같습니다.

“너희 아버지가 한 달에 백만 원씩만 벌어오면 좋겠다. 남자는 일하고 여자는 살림을 해야 되는데…”

남자는 일해서 돈 벌어오고 여자는 가사를 돌보는 게 일반적이던 시절, 어머니는 가사는 당신 일이니 각자 자기 본분에 충실하기만을 바라셨던 겁니다. 그 뒤로 저는 어머니가 보시는 데서 설거지를 한 적은 없었던 거 같습니다. 그저 제 본분에 맞는 일이 무엇인지 그걸 잘하려고 했던 거 같습니다. 학생 때는 공부를, 아나운서가 된 후에는 방송을 잘하고 싶었습니다.

그런데 무얼 하나 잘한다는 건 정말 많은 노력이 필요한 건데 이 정도면 됐나 하고 자문할 때가 위험한 거 같습니다. 더군다나 저처럼 타고난 재능이 크지 않아 노력해야 하는 사람은 더 그런 거 같습니다. 그게 공부이든지 방송이든지 말입니다.

일수 돈 받으러 세탁소로 가다

초등학교 시절 수업 끝나고 집에 오면 혼자 있을 때가 많았습니다.

전 막내라 남매 중에 수업도 제일 일찍 끝났는데 어머니는 계모임으로 바쁘셨고 여유가 있으실 땐 일종의 사채인 일수라는 거도 조금 하셔서 집에 안 계실 때가 자주 있었습니다. 아마 어머니가 할 수 있는 유일한 경제활동이라 생각하고 열심히 하셨던 거 같습니다. 그 계모임은 꽤나 끈끈하게 운영되었고 '오야'라고 불리는 대장 아주머니는 늘 인자하게 저를 귀여워해 주셨습니다.

하루는 밤에 어머니와 동네 이웃집에 마실을 갔는데 이야기에 흠뻑 빠지셨는지 저보고 세탁소에 가서 일수를 받아오라고 하셨습니다. 동네 골목을 따라 세탁소로 가는데 나무기둥 위에 걸린 수은등이 길을 안내해주었습니다.

'나 혼자 이 밤에 세탁소까지 잘 갈 수 있을까.'

이런 생각부터 났는데 돈을 꼭 받아오겠다는 비장한 각오로 갔던 거 같습니다.

세탁소에 도착해서 "아저씨, 엄마가 일수 받아오래요." 했더니 주인아저씨는 런닝셔츠만 입은 채 다림질을 하다 말고선 "엄마한테 다음에 준다고 말해라." 하시는 겁니다. 전 문밖에서 한 걸음도 움직이지 않았습니다.

"아저씨, 얼른 주세요."

결국 어머니는 기다리던 제가 오질 않자 데리러 오셨습니다.

"아가야, 괜찮으니까 집에 가자." 하시는데 그만 울음이 터졌습니다. 그때 왜 눈물이 났을까요. 심부름을 다 못해서 억울해서였을까요. 엄마 기대에 부응을 못해 실망스러워서였을까요.

그 뒤로 어머니는 지인들에게 자주 그 이야기를 하셨고 이야기를 듣던 사람들한테서 늘 웃음이 터져 나왔던 기억이 납니다.

처음엔 그 이야기를 하시는 게 싫었지만 어린 아들의 책임감을 대견해 하신다는 걸 알고 난 다음부터는 그 이야기를 반복해 듣는 게 싫지 않았습니다.

전문

'성실상'이라는 이름의 상장

초등학교 시절 성실상을 받았던 기억이 납니다.

모범상도 아닌 성실상이란 제목의 상이었는데 집에 와서 어머니에게 보여드리자 무척 기뻐하셨습니다. 그러곤 "얘는 친구들하고 싸움 한 번 안 하는 애야." 하셨습니다.

저는 속으로 '싸울 때도 있는데…' 했습니다.

나가 놀기만 좋아하고 공부는 담쌓고 지내던 초등학교 시절, 4학년이 되자 과학에 대한 주제로 글짓기 숙제가 주어졌습니다.

큰누나에게 어떻게 써야 하는지 물어보자 "지금부터 내가 하는 이야기를 듣고 써봐." 하는 겁니다. 누나는 그 당시 해외 토픽으로 뉴스에 나왔던 시험관 아기에 관해 들려주었습니다. 들은 대로 원고지에 썼을 뿐인데 글짓기 상을 받게 되었습니다.

그게 계기가 되어 글짓기에 재미를 느끼게 되었고 글짓기 하면 친구들과 선생님은 으레 제가 상 받는 게 당연한 듯 생각할 정도로 많은 상을 받았었습니다. 그러면서 과묵한 성격도 점차 외향적으로 변해갔습니다. 그때 집에 가서 상장을 보여드리고 기뻐하시는 어머니 모습을 보는 게 참 좋았습니다.

어머니는 아들이 공부보다는 바른 사람이 되는 걸 더 좋아하셨습니다. 동네 약국이나 과일가게 주인아저씨한테 당신 아들 인사성 밝다는 칭찬을 들으시면 영락없이 집에 와서 머리를 쓰다듬어 주시곤 했습니다. 지금도 기억납니다.

4단짜리 옷장 서랍 아래 칸을 열면 거기에는 제 상장이 수북이 쌓여 있었습니다. 그리고 이사 갈 때마다 그 상장들은 보자기로 따로 싸서 혹시 잃어버릴까 직접 들고 챙겨가셨습니다. 어릴 적 받았던 상장들을 생각하면, 받아들고 크게 읽으시며 환하게 미소 짓던 어머니가 생각납니다.

“우리 애기 최고. 돈 줄 테니 나가서 라면땅 사먹으렴.” 하시며 엉덩이를 두드려 주시던 그때 그 나의 어머니. 세월이 흘러 어릴 적 막내가 그랬던 거처럼 의지하시던 어머니의 모습은 세월의 무상함을 느끼게 합니다.

어머니의 힐링법

집에 어머니가 안 계시면 허전했습니다.

어머니가 집에 계실 때와 안 계실 때의 집안 분위기가 많이 달랐기 때문입니다. 어머니는 존재만으로도 집안의 기둥이었고 든든했습니다. 주일 미사 후 들어오시며 활기찬 목소리로 하던 말씀이 아직도 들리는 거 같습니다.

"아유 우리 집 식구들은 전부 소대상 사람이 게으르게 누워있는 모습이 소의 얼굴 같음을 빗댄 말 들이야. 바깥에는 해가 중천이야. 다들 얼마나 열심히 사는 줄 아니? 얘, 구들장 그만 업어주고 밥 먹어. 밥 먹고 또 자."

휴대전화가 없던 시절에는 어머니가 성당이나 모임에서 지방을 가실 때 밤늦게까지 걱정도 되면서 기다려지곤 했습니다. 하지만 어머니는 밖에서 기운을 받는 체질이셨습니다.

사람들을 좋아하셨고 만남에서 힐링을 하셨습니다. 집에 계시면 아프시다가도 지리산을 당일치기로 다녀오셔선 저녁을 바로 차리는 초인의 모습도 자주 보여주셨습니다. 어머니는 집에 들어오시며 헛기침을 자주 하셨습니다. 문 열고 들어오시는 어머니 얼굴을 보면 속으론 좋으면서도 겉으론 무표정하게 TV를 쳐다보기도 했었죠. 그러면서 내심 이런 생각에 불안해지기도 했습니다.

'잠시 떨어져 있다가 만나도 이렇게 반가운데 먼 훗날 우리도 영영 헤어지게 될 날이 올까. 매일매일 반가워하고 기다려지는 이 순간들을 언젠가 그리워할 날이 올까. 나에게도 그런 날이 정말 오긴 올까.'

그런데 막상 그런 날은 너무 준비도 안 된 채 불시에 찾아왔습니다. 마치 '인생은 그런 거야'라고 말하듯이 말입니다.

내가 썼던 시들
그리고 냉면 선생님

글짓기에 재미를 느끼기 시작하면서 성격도 외향적으로 변해갔습니다.

특히 5학년 때에는 시와 산문 습작을 열심히 했는데 훗날 어른이 되고 나서 당시 같은 반이었던 여학생이 이런 말을 했습니다.

"동진이 너는 그때 또래들이 안 쓰던 말을 글에 썼었어. 예를 들면 '그렇게 말한다고 해도 과언이 아닐 것이다' 같은 표현을 썼던 게 기억이 나."

아마 막내로 자랐고 위에 누나 둘과 형이 있어 영향을 받았을 겁니다. 순정만화가 그랬고 로마의 휴일이 그랬으며 엘비스 프레슬리를 일찍 알게 된 것도 그랬습니다. 그때 제가 썼던 시에는 가을, 낙엽, 추억, 이별 같은 단어들이 자주 등장했던 걸로 기억합니다.

5학년 때 담임 문정숙 선생님은 그런 저를 귀여워해 주셨는데 어느 날 부르시더니 말씀하셨습니다.

“어제 저녁에 너희 어머니가 하시는 식당에 가서 냉면 먹고 왔는데 어머니가 참 고우시더라.”

“네? 어제 우리 식당에 가셨다구요?”

“응, 조용히 음식만 먹고 왔어.”

헉. 그날 집에 와서 어머니에게 말씀드렸더니 어느 젊고 예쁜 아가씨가 혼자 와서 조용히 냉면만 먹고 갔더라는 겁니다. 그날 선생님은 어떻게 우리 식당을 알고 오셨을까. 그리고 왜 오셨을까.

제가 좋아하던 선생님과 어머니가 손님과 주인으로 만나 서로를 기억하던 그날 밤이 마치 흑백 영화의 한 장면처럼 아련하게 그리고 아름답게 그려지곤 합니다.

때론
매우 강하셨던 분

어머니는 정신력이 강하신 분이었습니다. 특히 어려운 상황이 되면 정면으로 부딪쳐 해결하려고 하셨습니다.

한 번은 초등학교 때 핸드볼 선수였던 형이 어느 날 코치한테 맞고 왔습니다. 주장이라 더 많이 혼났던 거 같습니다. 어머니는 그 길로 학교를 찾아가 학교를 발칵 뒤집어 놓았다고 합니다. 결국 학교는 대책 회의 끝에 핸드볼팀을 해체했다고 합니다.

연약하고 부끄러움도 탔던 어머니한테서 어떻게 그런 용기가 나왔는지 놀라운 일이었습니다. 아마도 내 가족을 살리고 보호하기 위해서라면 어머니란 존재는 언제든 강한 전사가 될 수 있나 봅니다.

병원엔 왜 오니

중·고등학교 시절

흰머리카락 뽑아달라시던

중학교 예비소집을 다녀온 겨울 어느 날, 어머니가 흰머리카락을 뽑아주면 한 개당 10원을 주시겠다는 겁니다. 어머니가 아랫목에 눕고 저는 열심히 흰머리카락을 찾았습니다.

그때 어머니 나이 40대 초반. 평생 별다른 화장품을 쓰지 않고도 주름도 없이 피부도 고우셨지만 흰머리는 일찍 생기셨습니다. 흰머리카락을 찾아 하나씩 뽑을 때마다 행여 날아갈까 조심스레 종이에 올려놓았습니다. 그때는 한 번에 많이 뽑아야 백 원을 넘지 않았습니다. 찾기가 힘들어 "그만 뽑을래." 하며 투정도 부렸으니까요.

세월이 흘러 언제부턴가 흰머리카락을 뽑아달라는 말씀을 더는 하지 않으셨고 이내 검은 머리보다도 많아졌습니다. 그즈음 염색을 권유했지만 알레르기 반응으로 가렵고 따가워서 하실 수 없다고 하셨습니다.

흰머리카락이 더 많아야 뽑기도 쉽고 돈도 더 많이 받을 거라 생각했던 철부지 막내.

훗날 스스로 어른이 된 줄 알았건만 알레르기 부작용 없는 염색약 하나 찾아드릴 생각을 못했던 걸 보면 저는 중학교 예비소집 날 이후로도 그저 똑같이 철없는 막내였던 겁니다.

선생님,
제게 보내주신 편지 기억하세요

제가 중학교 1학년 때 대학을 갓 졸업하고 부임하신 영어 선생님이 2학년 때 담임이 되셨습니다.

학교에서 제일 젊은 선생님이자 성격도 시원시원한 미모의 여선생님이셔서 인기가 굉장하셨습니다. 거기다 학생들과 격의 없이 지내실 만큼 소탈하셨는데 언제나 활기찬 모습이셨던 걸로 기억합니다. 선생님은 제가 영어 과목에 대해 흥미가 있는지 궁금해 하셨으며 공부에 좀 더 흥미를 가져달라는 당부도 하셨습니다.

그러다 겨울방학 때 선생님한테서 받은 한 장의 엽서는 엊그제 일처럼 선명하게 기억이 납니다. 다시 읽어도 제자에 대한 애틋한 관심이 잘 느껴지는 글입니다. 그때 당시에 어머니도 이 엽서를 보시고선 선생님께 감사해 하셨습니다.

내가 아끼고 사랑하는 동진이에게

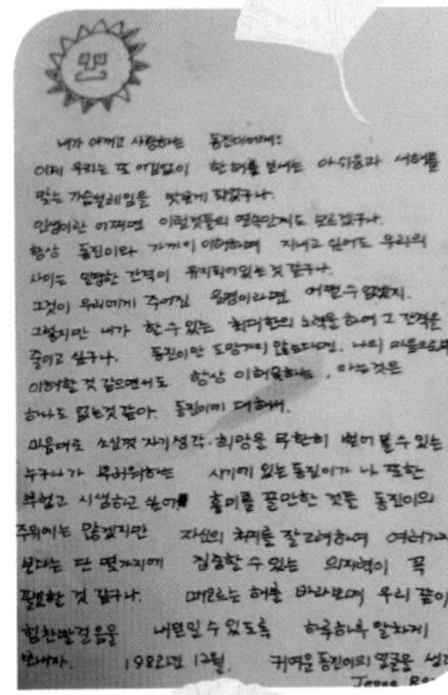

이제 또 우리는 어김없이 한해를 보내는 아쉬움과
새해를 맞는 가슴 설레임을 맛보게 되었구나.
인생이란 어쩌면 이런 것들의 연속인지도 모르겠구나.
항상 동진이와 가까이 이해하며 지내고 싶어도
우리의 사이는 일정한 간격이 유지되어 있는 것 같구나.
그것이 우리에게 주어진 운명이라면 어쩔 수 없겠지.
그렇지만 내가 할 수 있는 최대한의 노력을 하여
그 간격을 줄이고 싶구나.
동진이만 도망가지 않는다면, 나의 마음으로부터.
이해할 것 같으면서도 항상 이해 못 하는,
아는 것은 하나도 없는 것 같아, 동진이에 대해서.
마음대로 소신껏 자기 생각 희망을 무한히 뻗어볼 수 있는
누구나가 부러워하는 시기에 있는 동진이가
나 또한 부럽고 시샘하고 싶어.
흥미를 끌 만한 것들 동진이의 주위에는 많겠지만 자신의 처지를 잘 고려하여
여러 가지보다는 단 몇 가지에 집중할 수 있는 의지력이 꼭 필요할 것 같구나.
떠오르는 해를 바라보며 우리 같이 힘찬 발걸음을 내딛을 수 있도록
하루하루 알차게 보내자.

1982년 12월
귀여운 동진이의 얼굴을 생각하며
Jeong Ran

귀했던 오렌지 주스를 내오시던 친구 어머니

조숙했던 중3 겨울방학 때 친구 집에서 찍은 사진이 있는데 이 사진을 찍어주셨던 친구의 어머니가 오늘 돌아가셨습니다. 이 친구네 놀러 가면 어머니께서는 당시로서는 귀했던 오렌지 주스를 내오셨고 우리들 사진 찍어주는 걸 좋아하셨습니다.

그땐 이 친구네가 부자라 자주 주시는 줄 알았는데 오늘 이 친구 누나가 그게 아니었다 합니다.

"그때 너네들 오면 우리도 못 마시던 거 주셨던 거야."

오늘 밤 이 친구가 많이 힘들겠지요. 저도 그랬으니까요. 혼자서 버텨내야 하는 외로운 밤이 될 겁니다.

제가 우산이 되어드릴게요

고3 여름방학 때 집에서 독서실이 가까우면 긴장감이 떨어질까 봐 일부러 전철로 한 정거장 떨어져 있는 곳으로 다녔습니다. 밤새우면 아침에 집에 가서 잠깐 눈붙이고 하기를 반복하던 어느 날이었습니다. 아침부터 장대비가 엄청 퍼붓고 있었습니다. 휴대전화가 없던 시절이라 집에 전화해서 어머니에게 전철역으로 나와 달라고 했습니다. 당산역에 도착해 출구로 나오니 어머니가 우산 두 개를 들고 계셨습니다.

어머니를 보면서, 아이고 아침부터 우리 어머니가 나 때문에 고생이시네, 나 같은 자식을 넷이나 키우시느라 얼마나 고생이셨을까 이런 생각들을 했던 거 같습니다.

자식들이 요구하는 대로, 와달라고 하는 대로 언제든 하던 일을 제치고 달려가야 했던 어머니. 그날 전철역 안의 수많은 사람들 틈에서 이미 반쯤은 비를 맞은 채로 한 손에는 제 우산을 들고 있었던 어머니를 본 순간 언젠가는 제가 어머니의 우산을 들고 있을 거라 생각했습니다. 제가 기다리며 안아드리고 우산을 씌워드리겠다고, 언제나 당신이 제게 했던 것처럼.

어머니가 많이 쇠약해져 있을 무렵 바비킴의 MAMA란 곡을 듣게 되었습니다. 어릴 적 그때 생각을 많이 하게 되어 집 오는 길에 눈물이 흘렀습니다.

MAMA

바비킴

MaMa 아직도 기억해요
어릴 적 당신의 품을
MaMa 어느새 훌쩍 자라서
어른이 되었지만 난 언제나
당신의 무릎이 필요한
작은 아이일 뿐이죠

어디로 가야 하는지 몰라

길 헤매다
문득 뒤를 돌아보면 그곳엔
언제나 당신이 웃고 있었죠
내 그림자를 안고서

MaMa 이제 알 것 같아요
얼마나 힘들었나요
MaMa 힘들고 지쳐 쓰러져
울고 싶었을 텐데
난 한 번도
엄마의 눈물을 본 적 없죠
미안해요 고마워요

이제는 내가 기다릴게요
비가 오면
우산 들고 내가 서 있을게요
당신이 내게 했던 것처럼
내가 안아 줄게요

하늘에 뜨거운 저 태양도
밤하늘에 수많은 저 별들도

당신 앞에선
그저 작은 이야기일 뿐인걸

이제는 내가 기다릴게요
비가 오면
우산 들고 내가 서 있을게요
당신이 내게 했던 것처럼
내가 안아줄게요

집 사고 2년 만에 화병으로 쓰러지신 어머니

제가 태어나서 우리 가족이 집을 소유했던 시기는 다 해서 모두 2년 동안이었습니다.

고등학교 1학년 때 당산역 근처에 새로 연립주택이 생겼는데 그때 3천만 원에 구입해서 집을 소유하게 됐습니다. 그런데 막상 집이 생기자 부모님은 마음이 더 바빠지셨던 거 같습니다. 있는 돈을 다 털어 샀던 거라 경제적으로 여유가 없으셨나 봅니다.

고3이 되고 공부는 잘 안 되던 어느 날 어머니는 제가 부탁한 청바지를 하나 사오셨습니다. 그런데 제가 원하던 브랜드가 아닌 짝퉁을 사오신 겁니다.

"내가 언제 이거 사오랬어? 죠다쉬는 말머리가 이렇게 엉성하지 않아. 이건 누가 봐도 짜가잖아. 나 안 입어."

순간 어머니는 이웃에 들릴 만큼 큰소리로 불같이 화를 내시며 '갖다버릴 테니 앞으로 옷 사달라는 소리 한 번만 더하면 가만 안 둔다.'고 하시는 겁니다. 고3 여름에 있었던 일입니다. 왜 그렇게 화를 내셨을까 그때는 의아했었습니다. 그런데 두 달 후 어머니는 쓰러지셨습니다. 약 한 달간의 입원 동안 각종 검사를 받으셨는데 병명은 화병이었습니다.

지금의 나보다 더 젊었던 그때, 이미 어머니는 당신의 삶의 무게를 더 이상 지탱할 수 없었던 겁니다. 아니 훨씬 오래전부터 몸과 마음은 녹아내렸는데 저는 어머니가 늘 그 자리에 계시는 줄 알았습니다.

그때 처음 알았습니다. 우리 어머니가 그동안 많이 힘드셨구나. 우리 어머니가.

병원엔 왜 오니

고등학교 3학년 10월 말에 어머니가 쓰러지셨다는 연락을 받고 신촌 세브란스 병원으로 달려갔습니다. 수업 끝나고 바로 달려가 병실 문을 열자 환자복을 입고 누워계신 어머니가 보였습니다.

"여기 왜 왔어. 넌 시험도 얼마 안 남았으니까 앞으론 여기 오지 말고 학력고사 준비나 열심히 해."

다행히도 깨어나셔서 저에게 말씀하시는 걸 보고 마음이 놓였습니다. 하지만 그동안 어머니는 가족을 위해 혼자 그 수많은 전투를 해오며 온몸으로 육탄방어하며 피투성이가 된 채 도저히 더 버티지 못하고 장렬히 쓰러지셨던 겁니다.

아 어머니.

결국 우리는 새로 샀던 집을 2년 만에 팔아 그 돈으로 병원비를 내고 작은 전셋집으로 이사했습니다. 대입 학력고사 하루 전 날의 일이었습니다.

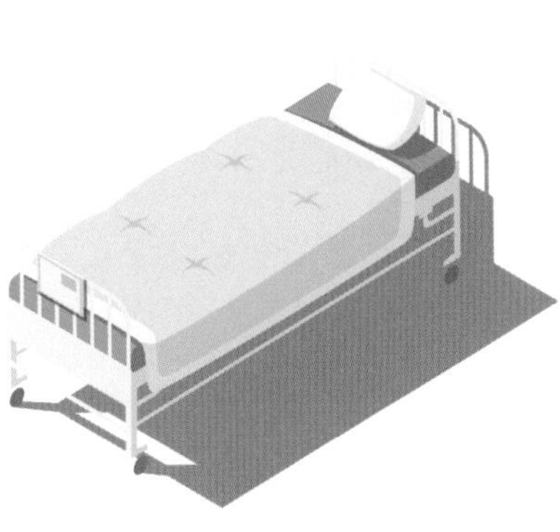

어머니의 트라우마

고3 학력고사는 실패로 끝났습니다.

재수 시절이 시작되었고 병원에서 갓 퇴원하신 어머니와 같은 방을 쓰게 되었습니다. 겨울밤 책상에 앉아 스탠드 불을 켜고 공부할 때 아랫목에서 주무시는 어머니는 자주 잠꼬대를 하셨습니다. 때론 웃기도 하고 때론 누군가에게 말씀도 하셨습니다.

"그러니까 그때 걔가 나한테 이모라고 안 하고 연수야 하고 이름을 부르며 놀리잖아…"

외할머니가 46살, 할아버지가 55살에 12남매의 막내딸로 태어나 언니의 아들딸이 당신보다 나이가 더 많아 이름을 부르는 게 큰 상처로 남으셨던가 봅니다. 엄연한 이모였으니까요. 거기다 더 교육을 받고 싶었으나 당시 사회와 집안 분위기상 그러지 못했던 일, 친척에게 돈을 빌려줬다 떼인 일 등이 꿈속에서 다시 살아 움직이는 거 같았습니다.

전 그때 그 말씀들을 들으며 아 우리 어머니에게 이런 일들이 있었구나, 어려서부터 지금까지 쌓이고 쌓인 게 이번에 터진 거란 걸 알게 되었습니다.

우리 어머니, 그동안 말씀도 제대로 못하시고 많이 힘드셨구나.

흰크림
샌드위치

재수시절, 학원 다녀오면 겨울 내내 아랫목에서 누워계셨던 어머니의 모습이 떠오릅니다. 어머니는 동네 가게에서 파는 흰크림 샌드위치를 참 좋아하셨습니다. 드시고 싶은 게 있어 얼마나 다행인가 하고 생각했었습니다.

“얘, 가서 흰크림빵 좀 사올래?’

하시면 부리나케 단박에 달려가서 사오곤 했습니다. 그리고 어머니를 생각해서도 공부를 더 집중해서 해야 한다고 생각했습니다.

가엾은 우리 어머니.

‘나중에 절대 나 혼자 잘 살지 않을 거예요.’

그렇게 다짐하며 속으로 되뇌었습니다.

힘들수록 도리를 다하신 어머니

삼수 시절은 고단했습니다.

길고 길었으며 외롭고 고독했습니다. 하지만 누구를 탓할 수도 없었습니다. 저 스스로 선택한 길이었으니까요. 육사 입교 전날 그렇게 집 나가서 미아삼거리역 독서실에서 6개월을 지냈습니다. 처음엔 의심스런 눈초리로 바라보던 독서실 주인아저씨도 제가 종일 독서실을 지키며 공부하는 걸 보고선 어느 날 불러서는 총무를 맡아달라고 부탁하셨습니다.

그렇게 독서실에서 6개월 생활 동안 집에는 월말에 하루만 다녀갔습니다. 집에서 나와 있다 보니 동네친구들에게 부탁할 일들이 생겨났습니다. 가령 집에서 안 가져온 책을 좀 가져다 달라는 꽤 귀찮은 부탁도 했습니다.

'넌 대학생이니까 시간 많잖아. 난 삼수생이니까 네가 갖다

줘야지.'

낯 두껍게도 이런 식이었습니다. 이 글을 쓰며 그동안 잊고 있었던 고맙고 정겨웠던 친구들의 얼굴들이 떠오릅니다. 훗날 어머니 장례식을 치르는데 문상 온 어릴 적 친구가 이렇게 말해 주었습니다.

"그때 동네에서 네 어머니 만났는데 고맙다면서 삼만 원 주시더라. 안 받는다는데 꼭 받아야 한다고 하도 그러셔서 받을 수밖에 없었어."

어머니는 저한테 그런 말씀을 전혀 하지 않으셨습니다. 당시는 독서실 한달치가 그 정도 하던 시절이었으니 삼만 원은 결코 적은 돈도 아니었습니다. 돌아가시기 직전까지도 외식이라도 하면, '돈을 내가 내게 해달라.'던 분이셨습니다.

자식들이나 조카들 그리고 주변 사람들에게 늘 도리를 다하시려고 했던 어머니.

그날 친구에게 주셨다는 삼만 원 이야기를 듣고 막내는 또다시 눈물을 흘렸습니다.

너는 양복 입을 때가 제일 멋있어

대입 그리고 군대 시절

우리 애가
육사에 합격했어요

재수 시절 대입시험을 앞두고 12월 초에 육사 최종 합격을 알리는 축전이 집으로 왔습니다. 87년 12월이라 대선 전인데도 축전이 전두환 씨가 아닌 노태우 씨 이름으로 온 게 인상적이었습니다. 그래서 이미 실권은 넘어갔구나 생각했던 거 같습니다.

부모님이 무척 기뻐하셨습니다. 어머니는 표정으로 말씀하셨고 아버지는 적당한 웃음으로 기쁨을 표현하셨습니다.

어머니가 제 손을 잡고 동네 미용실로 데려가서는 "얘가 이번에 육사에 합격했는데 예쁘게 깎아주세요." 하시는 겁니다. 그때 앞에 있는 거울을 통해 어머니의 행복한 미소를 봤습니다. 1년 전 퇴원하시고 한동안 아팠던 어머니. 그날만큼은 우리 어머니도 세상 부러울 거 없는 행복한 분으로 보였습니다.

육사 합격했지만
포기하고 독서실에 자리 잡다

재수 시절 대학시험을 보기 전 육군사관학교에 합격했다는 얘기를 제가 했었죠.

당시 어머니는 영등포에서 육사가 있는 태릉까지 가서 지원 원서를 갖고 오셨습니다. 시험은 국어, 영어, 수학, 국사, 윤리 다섯 과목 필기에 체력장으로 치러졌는데 필기시험이 기출문제 위주로 쉽게 출제되는 바람에 운 좋게 만점을 받았습니다. 문제는 재수 시절 운동을 잘 하지 않아 체력장이 관건이었는데 예상대로 오래달리기에서 1차 탈락을 했습니다. 2천 미터를 8분 50초에 들어와야 하는 건 결코 쉽지 않은 도전이었습니다.

며칠 후 재시험이 있었는데 1차 탈락자들과 같이 뛰는 거라 무조건 거기서 1등을 해야 기준 시간 통과 가능성이 있다고 생각했습니다. 4백 미터 다섯 바퀴. 두 바퀴를 선두로 달리고 나니 이미 지쳐버렸습니다. 4백 미터 운동장이 너무나 크게 느껴졌습니다. 남은 세 바퀴를 달리는 동안 속으로 울면서 '어머니, 도와 주세요.'를 외쳤습니다. 그리고 간신히 합격했습니다.

집에서는 일반대학보다는 육사 가는 걸 더 바랐습니다. 육사는 학비 면제에다 생활비까지 지원을 해 주었기 때문입니다. 하지만 막상 원하던 대학에 떨어지고 나니 오기가 발동해 삼수를 결심하게 되었고 육사를 포기했습니다. 집에다가는 차마 포기 결심을 말하지 못하고 1년 동안 집을 나가서 삼수하고 합격한 후에 돌아갈 생각을 굳혔습니다.

육사 입교 하루 전, 눈보라가 휘날리던 1월 말이었습니다. 가방 네 개에 공부하던 책과 노트를 전부 넣어 집을 나갔습니다. 어머니에게는 헌책방에 팔러 간다고만 했고, 나가는 길에 화장실 문이 열려 있는 걸 보고는 문까지 닫고 나갔습니다. 훗날 어머니는 '집 나가는 애가 어떻게 그렇게 천연덕스럽게 나갈 수 있었냐.'며 야단을 치셨었습니다.

집 나가기 일주일 전에 이미 미아삼거리역 근처에 있는 독서실을 주거지로 정해 놓은 상태였습니다. 그러나 아르바이트 일

자리도 구하지 못한 채 사흘 만에 돈이 바닥났습니다. 하는 수 없이 절친한 친구에게 연락해 도움을 요청했습니다.

"걱정 마. 내가 돈 가지고 나갈게."

친구의 말만 믿고 약속장소로 나갔건만 누나가 같이 나와 있는 겁니다.

"일단 어머니 만나. 무조건 지금 만나야 돼."

우여곡절 끝에 작은 누나의 중재로 어머니를 동네 약속 다방에서 만났습니다. 먼저 와 계시던 어머니는 나를 보자마자 문 앞까지 달려오셔서는

"어머어머어머 우리 애기. 네가 하자는 대로 다 하게 해 줄게. 걱정 마라." 하셨습니다. 그리고 자리에 앉자마자 제 손을 꼭 부여잡고 놓지 않으셨습니다. 그날 집으로 같이 걸어가던 길이 참 춥게만 느껴졌습니다.

어머니, 제 말이 맞나요.

지금 제가 하는 말이 들리세요.

대입 시험장 앞에서
늘 기다리시던 어머니

대학을 삼수까지 하는 동안 세 번이나 떨어지는 바람에 어머니는 대입 시험장에 저를 따라 여러 번 오셨습니다. 저는 학교 시험장으로 들어가고 어머니는 밖에서 기다리셨습니다.

항상 추운 겨울에 시험을 봤기에 가장 늦게 나오는 아들 때문에 고생하는 건 어머니 몫이었습니다. 붙임성이 좋으셨던 어머니는 아들을 기다리던 동안 수험생 부모님들과 금세 친해지셔서 제가 나오면 인사를 시키시곤 했습니다. 그러곤 주로 학교 앞에서 설렁탕을 함께 먹고 집에 오자마자 EBS TV를 시청하셨습니다. 그때는 거기서 문제풀이와 정답을 알려주었기 때문입니다.

저보다 더 열심히 정답 해설을 시청하시던 어머니.

생각해보니 그때 어머니는 지금 제 나이셨네요.

어머니, 살아계신다면 이제는 제가 어머니를 기다려드리고 싶어요.

아무리 추운 겨울날에도 밖에서, 아무리 속 썩여도 다 받아주며 어머니가 저한테 하셨던 그대로 말입니다.

보고 싶어요.

스무 살 때
우리집 풍경

1월의 눈을 보면 떠오르는 풍경이 있습니다. 1987년 1월, 그 날 밤엔 함박눈이 내리고 있었습니다. 작은 마당에 눈이 무릎까지 쌓여 아버지는 사람들이 오갈 수 있게 통로를 만드는 빗질을 하고 계셨고, 시멘트로 된 부엌에선 형과 제가 양푼 속에 밥과 고추장과 참기름에 반찬까지 넣어 비빔밥을 만들고 있었습니다. 큰누나는 신춘문예에 응모할 소설을 쓴다고 혼자 들떠 있었던 거 같은데 그때 작은누나와 어머니는 무얼 하고 있었는지 생각이 안 나네요. 음… 퇴원하신 지 얼마 안 된 어머니는 뜨거운 아랫목에서 몸을 지지고 계셨을 거 같고, 작은누나는 대학생이고 눈도 내리고 있었으니 어떤 남자와 시간을 보내고 있지 않았을까요. 그러고 보니 예뻤던 누나 쫓아다니던 남학생들 때문에 악역도 좀 맡았던 거 같습니다.

저는 겨울에도 집안 환기만큼은 잘하는 편인데 어릴 적부터 늘 어머니가 하시던 말씀이 생각나기 때문입니다. “추워도 좀 참아. 딱 10분만 문 열었다 닫자.” 그러면 이불을 뒤집어쓰고 얼른 ‘10분아 가라’ 하며 참고 있다가 창문 닫히는 소리와 함께 방 안 냉기가 온기로 바뀔 때 ‘아 이제 살았네’ 하며 이불을 걷고 얼굴부터 빼꼼히 내밀곤 했습니다.

오늘도 문 열고 환기 중인데, 그때와 다른 게 있다면 이불 대신 커피를 마시며 음악을 듣고 있다는 것과 가로등 불빛 아래 흩날리는 눈발을 보며 다시는 돌아오지 않을 그 시절을 회상하고 있다는 겁니다.

새까맣게 탄 훈련병을 보고 우신 어머니

군 입대하고 훈련소에서 6주간 훈련을 받았습니다.

퇴소식 때는 식구들이 음식을 싸갖고 와서 그동안의 노고를 격려하고 앞으로 본격적으로 펼쳐질 군생활을 무사히 잘 보내길 응원해주지요. 퇴소식 직전에 가족에게 편지쓰기 시간을 갖습니다. 그때 저는 편지에 먹고 싶은 음식 리스트를 적어 보냈습니다. 당시 훈련소 식단은 참으로 열악해서 찐밥에 멀건 된장국, 고춧가루 뿌려진 양배추 몇 조각만이 기억날 뿐입니다.

훈련소 시절, 주일에 성당에 가서 마셨던 달달한 커피와 어렵게 얻은 초코파이를 밤에 화장실에서 먹던 그 맛을 잊을 수 없습니다. 편지에 적었던 음식 리스트에는 불고기, 양념치킨, 맥주, 과일 등이 잔뜩 적혀 있었습니다. 그땐 정말 다 먹을 수 있을 거 같았으니까요.

퇴소식 날 어설픈 철모와 훈련복을 착용하고 새까맣게 그을린 채 열병식을 하고 있는데 옆에서 낯익은 목소리가 들려왔습니다.

"어머, 저기 우리 애기 있네!"

눈길은 돌리지 않고 씨익 웃으며 그 옆을 지나갔습니다. 훗날 그때 같이 왔던 친구가 말해주었습니다.

"그때 너희 어머니가 너 과일 좋아한다고 엄청 싸가지고 가셨어. 너 지나갈 때는 동진이가 왜 저렇게 새까맣게 탔냐며 우시더라."

어머니는 제가 군대를 제대해서도 한동안 애기로 부르셨습니다. 그만큼 품안의 자식이라 여기셨고 강가에 내놓은 아기처럼 생각하셨던 거 같습니다. 그러다 조금씩 막내에게 의지하고 어른이라 여기실 어느 무렵부터 더는 아기라 부르지 않으셨지요.

아기가 어른이 되고 이제는 제가 그때의 어머니 나이가 된 지금, 노심초사 아들을 위해 기도하셨을 어머니를 떠올립니다. 이제는 영원한 안식 속에서 그 걱정들을 모두 내려놓으셨을까요.

깜짝 서프라이즈

군대에 있을 땐 집이 참 그리웠습니다.

군인들은 누구나 그러하지요. 30개월 복무 기간 동안 한 달에 한 번 정도 외박을 나왔었는데 꼬박꼬박 집에 갔었습니다. 가끔 말씀 안 드리고 집에 가면 어머니는 동네 어딘가에서 얘기를 나누시다 저를 발견하시곤 깜짝 놀라셨습니다. 그럴 때 저는 살짝 웃으며 무슨 일이 있냐는 듯한 표정을 지으며 내심 속으론 제가 집에 온 거 자체가 서프라이즈 선물이라고 생각했던 거 같습니다.

“어머어머어머…”

곧바로 만사를 제치고 허겁지겁 음식을 차려주셨던 어머니.

잔디밭에 앉아 평온하게 얘기를 나누시다 이내 격하게 반겨주시던 당신의 모습이 눈에 아른거립니다.

너는 양복 입을 때가 제일 멋있어

형이 결혼을 하게 되자 예단비로 어머니와 함께 동네 양복점에 가서 양복을 맞췄습니다. 당시 군대에 있을 때라 양복 치수를 잴 때도 내가 양복을 입을 일이 있을까 생각했던 거 같습니다. 가장 흔하면서도 무난한 위아래 남색 계열의 일자 주름바지. 직업이 아나운서인지라 많은 양복을 입어 봤지만 그날 맞춘 양복이 제일 기억에 남습니다.

추운 겨울날 형이 결혼했던 그날.

저는 군인 신분이라 양복이 어색도 했지만 한편으론 남성성이 조금씩 나오던 때라 주뼛주뼛 고개를 내밀고 뽐내고도 싶었을 거 같습니다. 그날 어머니가 저의 양복 입은 모습을 보시고 뭐라 하셨는지는 기억나지 않습니다. 그러나 훗날 제게 자주 하셨던 말씀을 떠올려보면 미루어 볼 수는 있습니다.

"애, 너는 양복 입을 때가 제일 멋있어. 곤색이 제일 잘 어울려. 새신랑 같다니까."

위문편지는 여자가 써야 제격인데

군대에 있을 때 친구가 타자기로 친 위문편지를 보내왔습니다. 지금도 만나는 친구 철우. 훈련소 퇴소하는 날도 멀리까지 어머니와 함께 와주었던 휴식 같은 친구. 어릴 적 순수함이 뚝뚝 묻어나는 위문편지를 이 친구한테서 받았었습니다. 어머니는 소소한 이야기까지 친구에게 알려주셨구나.

아 옛날이여.

편지를 쓰면서 느끼는 것인데 역시 위문 편지는 여자가 써야 제격이라는 생각이 불현듯 든다. 혜령이 누나로 부터는 편지 받았는지? 귀대하기 전 날 너희 집에 몇번 전화 했었는데 영수 만나러 가고 없다고 하더라. 다음 날 아침에 전화 하려고 했었는데 일어나자 마자 허둥지둥 학교가는라고 잊어 먹었어. 너도 영수만나러 여기까지 왔으면 한 번 들르지 그랬어?

평소엔 잘 못 느끼던 건데 이 상은은 담다디같은 곡 보단 Happy Birthday to You! 가 더 어울리는 것 같아. 너도 Radio 자주 듣는다고 했지? 잘 쓰는 것 같지는 않는 글이지만 어영 부영 쓰다보니 꽤 썼구나. 밤도 깊었고 내일 시험도 있고 하니 -핑계가 좋지?- 이만 쓸께.

자, 그러면 내가 방학되면 면회하러 갈 께.

그때 까지 안녕!

"신 혜수의 인기 가요"를 들으며.

- 철우가 -

수학 공식과 영어 숙어가 머리에서 떠나지 않았던 그때

군 제대를 하고 복학 때까지 6개월의 시간이 주어졌습니다.

처음 일주일은 편안하게 그 시간들을 즐겼지만 점점 뭔가를 해야 할 거 같은 생각이 들면서 조금씩 불편해졌습니다. 그러던 어느 날 저녁, 어머니가 인근 한강 둔치에 바람 쐬러 가자고 하셨습니다. 당산 철교 아래에서 전철이 오가는 소리를 들으며 늦여름 강바람을 맞고 있는데 어머니가 말씀하셨습니다.

"아버지가 이제 너도 군대까지 제대한 어른이니 너 앞가림은 스스로 했으면 좋겠다고 나보고 얘기하라는구나."

전 조용히 고개를 끄덕였고 한동안 우리는 별 대화 없이 강 건너를 바라보며 앉아있었습니다. 집에 오는 길에 레코드 가게에 들러 스콜피온스의 'Wind of change' 카세트 테이프를 오천 원 주고 샀던 기억이 납니다. 물론 어머니가 사주신 거였죠.

어머니는 동네 약국과 가게의 주인분들과 늘 친하게 지내셨습니다. 그래서 '과외 가르칩니다'라는 문구를 주인 양해를 구하고 약국과 가게 곳곳에 붙이셨습니다. 그렇게 시작된 과외 아르바이트는 대학 4년간 끊임없이 계속됐습니다. 삼수를 한 덕에 입학과 동시에 군대를 갔고, 25살에 1학년 1학기로 복학을 했는데 4년간 했던 과외 덕분에 사회생활을 꽤 했을 때도 수학 공식과 영어 숙어가 머리에서 맴돌곤 했었습니다.

벌써 오래전의 일이 되어버렸는데도 아직도 당산역이나 주변 한강을 지나갈 때는 그날 어머니의 미안해하던 얼굴과 이야기들이 떠오릅니다. 어머니는 당연한 말씀을 하신 건데도 말입니다. 그래서 어머니에게 더 미안합니다.

넌 아나운서가 천직이야

부모님 기억

절실했고, 또 절실하게 기도하셨던 어머니

10대 때부터 천주교 세례를 받고 요안나로 살면서 절실하게 매일 기도하셨던 어머니. 시골이었던 수원의 못골에서 12남매 중 막내 늦둥이로 태어나셨습니다. 당시 할머니는 46세, 할아버지는 50대 중반이셨으니 만약 할아버지 할머니가 지금도 살아 계신다면 130세 안팎이실 겁니다. 어머니 나이 16살에 외할머니가 돌아가셨으니 얼마나 외로우셨을까요. 결국은 어머니도 한 엄마의 딸이었음에. 선하디 선하게만 살아오신, 절실한 기도로 자식들을 건사하며 희생과 헌신을 하신 어머니. 1994년 크리스마스 자정미사에 늦게 도착했을 때, 먼저 와 계신 어머니가 미사 시작 전 북적이던 분위기 속에서 혼자 두 손 꽉 잡고 간절히 기도하시던 모습을 지금도 잊을 수 없습니다. 거의 울 듯한 어머니의 기도 표정은 모든 버거움과 절박함을 말하고 있었고, 아주 오랜 시간이 지나서야 전 그때 쌀을 꾸어올 정도로 우리 집이 힘들었었다는 걸 알게 되었습니다.

어머니의 기도와 절실한 가족 부양 덕분에 우리 가족이 여태 이렇게 지내 올 수 있었구나 싶어 망치로 얻어맞은 듯 충격을 받았던 기억이 20년이 지난 지금도 생생합니다.

머리카락으로 보청기를 가리시던

입사 초기에 한창 바쁠 때였습니다.

그날도 프로그램 사이사이에 잠깐 컵라면으로 점심을 대신하던 중이었습니다. 회사 근무시간에는 좀처럼 전화를 안 하시는 어머니한테서 전화가 왔습니다.

"얘, 내가 새벽에 창문 열고 자다가 안면마비가 왔어…… ."

새벽에 잠에서 깨니 입이 이상해 양치질을 여러 번 하셨다는 어머니. 많이 놀라셨을 걸 생각하니 마음이 아파왔습니다.

건강정보 프로그램을 진행하는 선배를 통해 의사 선생님을 소개받고 주 3일 어머니를 모시고 병원을 오가는 일이 시작되었습니다. 한 달 정도 그렇게 모시고 다녔던 거 같습니다. 다행히 상태가 그리 심하지 않으셨고 초기에 치료를 받아서 어머니 입가는 외관상으론 회복이 된 듯 보였습니다. 그러나 훗날 기력이 점점 쇠해지셨을 때 어머니 입가와 눈가가 다시 조금씩 내려앉기 시작했습니다. 특히 얼굴 왼쪽 근육이 경직되고 있다고 하셨습니다.

게다가 그 무렵 귀도 잘 안 들린다고 하셨습니다. 병원에선 어머니가 어릴 적 중이염을 앓으셨던 거 같은데 치료를 하지 않아 고막이 닳아 없어졌다고 했습니다. 보청기를 전문으로 다루는 병원을 찾아 가장 비싼 보청기를 귀에 꽂아 드렸습니다.

"난 이런 거 잘할 줄 모르는데…."

하시던 어머니가 몇 번 써보시더니 이내 익숙하게 다루시게 될 즈음, 항상 크고 예쁜 귀가 훤히 보이게 머리를 관리해오시던 어머니는 머리카락이 귀를 덮게끔 기르시기 시작했습니다. 자존심이 강하셔서 누구에게 보청기를 보이고 싶지 않으셨던 거죠. 지하철에서 자리 양보를 받으시는 거조차 싫으셨다는 분이기에 마음이 타들어가셨을 겁니다.

이후 그 좋던 어머니의 시력과 치아 건강도 당뇨 합병증으로 거의 잃게 되었습니다. 당뇨는 참으로 무서웠습니다. 임플란트 치료를 무려 7년 동안 받았는데 어렵게 치아를 심어놓으면 곧 무너져 다시 해야 하는 고난의 시간들이었습니다. 수술 한 번에 두 시간이 넘게 걸렸지만 수술 후 집에 오시자마자 병원에서 준 죽을 억지로 드시며 어떻게든 회복하시려 했을 만큼 정신력이 강한 분이셨습니다. 그러나 누구보다 걸음이 빨라 늦게 따라온다고 혼내던 어머니의 무릎도 모래주머니를 찬 듯 점점 무거워져 갔습니다. 다행히 정신만은 또렷해서 모든 기억을 저보다 더 잘하셨습니다.

눈, 귀, 치아, 무릎, 기력 어디 하나 성한 곳이 없을 정도로 쇠해지실 무렵, 그 밝던 어머니는 점점 말수가 줄기 시작했으며 전 그런 어머니에게서 성모 마리아의 모습을 보았습니다. 오직 가족을 위해 헌신하며 살아오셨는데 이제 신체 모든 기관들이 그 힘을 잃고 기능들이 다해가고 있었으며 어머니는 그걸 마음으로 기도로 받아들이고 계셨습니다.

이별의 시간이 점점 다가오고 있는 것 같았던 그 시간들, 불안했고 겁이 났습니다. 어머니 생각이 날 때마다 하루하루가 아프고 힘들었습니다. 서산 너머 해가 지고 노을빛마저 흐려질 무렵 칠흑 같은 어둠이 찾아오기 직전, 어머니는 그런 순간을 맞고 계셨습니다.

아들의 학위복을 입으신 모습이 영정사진이 되다니요

2014년 8월 말 학위수여식에서 어머니에게 학위복을 입혀드리고 사진을 찍었습니다. 그러나 휴대전화기로 찍은 그 사진은 불과 5개월 후에 영정사진이 되어버렸습니다. 이미 오래전 성당에서 당신 묏자리와 수의를 손수 준비하셨던 어머니. 자식들은 그렇게 아무것도 한 게 없었습니다. 10년 동안 매일 하던 통화, 그날도 변함없었건만 통화 후 1시간 후에 갑자기 돌아가신 어머니. 자식들에게 짐이 되지 않게 해달라던 어머니의 기도를 주님께서 들어주신 건가요.

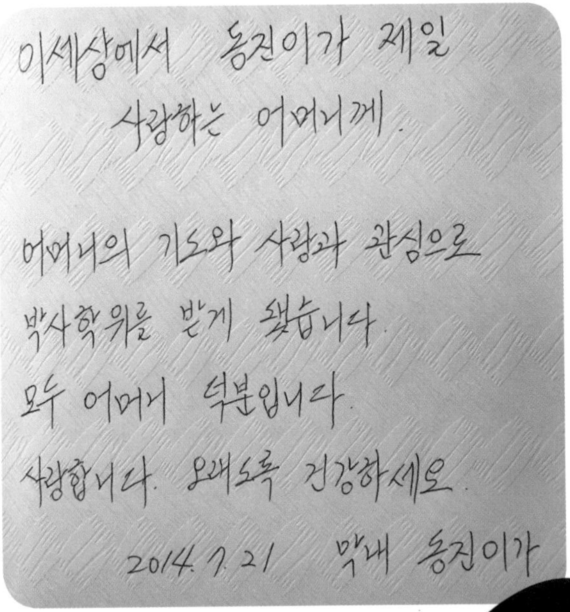

이세상에서 동진이가 제일
사랑하는 어머니께.

어머니의 기도와 사랑과 관심으로
박사학위를 받게 됐습니다.
모두 어머니 덕분입니다.
사랑합니다. 오래도록 건강하세요.
2014. 7. 21 막내 동진이가

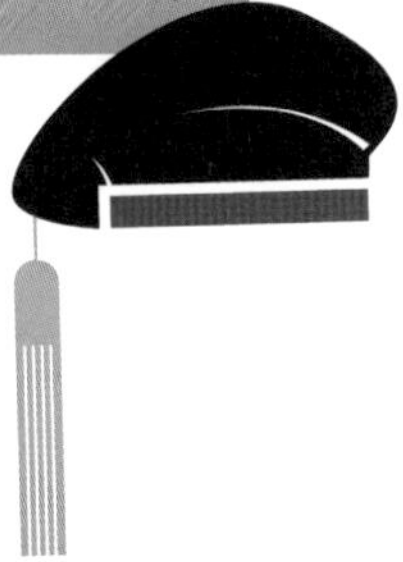

부모님 묘

아버지 옆에 나란히 누워계신 어머니를 49재에서 뵙고 성모님과 학위논문을 묘 앞에 놓은 유리관 속에 안치해 드렸습니다. 비록 어머니 유언은 듣지 못했지만 그 유지가 무엇인지 알 것 같습니다. 앞으로도 때론 어머니 생각에 벅차오르겠지만 사람들 앞에서 늘 당당하고 열심히 살길 바라실 겁니다. 이제 '난 너 목소리만 들어도 힘이 나.' 하시며 오히려 아들에게 힘과 에너지를 주셨던 어머니를 이승에선 더는 볼 수 없게 됐지만, 아들의 가슴속에서 어머니는 늘 저의 애인이자 마리아님이십니다. 사랑합니다.

언제나 그 자리에 계시는 부모님.

근처를 지날 때면 들러서 뵙고 가야 무거운 마음을 조금은 덜 수 있습니다. 떨어져 있는 것에 익숙해져 갈 법도 하건만 혼자 남겨져 있음에 아직도 애통한 마음을 가눌 수가 없습니다.

<사랑은 가고 옛날은 남는 것
여름날의 호숫가
가을의 공원
그 벤치 위에
나뭇잎은 떨어지고
나뭇잎에 덮여서
…내 서늘한 가슴에 있네>

- 박인환, 세월이 가면

세월이 참 빨리 갑니다.
낯설고 짧은 인생.
테레사 수녀님 말씀대로
어느 낯선 여인숙에서의 하룻밤처럼 말입니다.

넌 아나운서가 천직이야

2006년 가을, 아버지의 건강이 회복하기 어려워져 갔습니다.

박사 과정 초기에 학교에서 공부하다 늦은 밤 병원으로 갔습니다. 아버지는 뇌경색으로 언어마비가 와서 말씀을 못하시는 상태에서 침대에서 힘들게 일어나셨습니다. 아버지를 꼭 안았습니다. 아마 처음으로 따뜻하게 온몸으로 안아드렸던 거 같습니다. 여러 회한이 들며 주체할 수 없는 눈물이 났습니다.

우리 아버지가 이렇게까지 됐구나. 아버지는 그런 저를 안아주시며 등을 쓰다듬어 주었습니다. 우는 모습을 들키고 싶지 않았는데 감정에 북받쳐 들썩이는 등을 어쩔 수 없었습니다.

아버지로서 마지막까지 의연한 모습을 보이려 했던 그때를 생각하면 지금도 가슴이 아프지만 참으로 감사하게 생각하고 있습니다. 마치 '이게 내 모습이고 실은 나도 이런 모습만 보여주면서 살고 싶었다' 말씀하시는 거 같았습니다.

남편을 요양원에 두고서도 어머니는 흔들리지 않으셨는데 늘 그래왔던 것처럼 위기 때 더 정신을 바짝 차려야겠다고 생각하시는 거처럼 보였습니다.

어머니가 한 번은 요양원 앞 식당에서 식사를 하시다가 문득 "넌 아나운서가 천직이야 천직."이라고 말씀을 하셨습니다.

요양원 인근에 있던 서대문 자연사 박물관 주변을 같이 거닐고 산등성이를 둘러볼 때 너무나도 어머니 어깨를 짓누르고 있을 그 무거운 짐을 모두 덜어드리고 싶었습니다.

미사 이야기

여기 모자가
손을 잡고 앉아 있습니다

매주 어머니와 성당을 갔었지요. 수년간 그랬던 때가 있었네요.

우린 항상 맨 앞에 같이 앉았어요. 어머니 손을 꼬옥 잡고 전 속으로 기도했어요.

'주님, 우리 어머니 더는 아프지 않게 해주세요. 오래도록 제 곁에 있게 해주세요.

부디….'

어느 날은 미사 중에 신부님이 강론하시다 우리가 손잡고 있는 모습을 보고 이렇게 말씀하셨죠.

"여기 어머니와 아드님이 손을 꼭 잡고 앉아있습니다. 보기가 참 좋습니다. 어느 가수가 이런 노랠 불렀었죠. '머무는 곳 그 어딘지 몰라도 나 외롭지 않다네 / 언젠가는 떠나야 할 그날이 빨리 왔을 뿐이네…'"

어머니, 근데 저는 어머니가 안 계신 이 겨울밤이 외롭기만 하네요.

가족이 종교이자
마리아 님이었던 어머니

10년 전쯤 가을 어느 날 회사 가톨릭 교우회 모임에서 남양주에 있는 한 수도원을 방문했습니다. 저도 세례를 받은 직후였는데 어머니를 모시고 동행했습니다. 미사를 올리고 사내 교우회 여러분과 인근 식당에 갔습니다.

당시 교우회는 한 달에 한 번 사내에서 점심시간에 미사를 드리고 합창단도 막 출범하던 때였습니다. 식사 중에 한 분이 어머니에게 "어머니, 신동진 루도비코도 합창단에 들어오라고 얘기해주세요." 했는데 어머니는 잠시 생각하시더니 고개를 좌우로 저으셨습니다. 저를 귀찮게 하지 말라는 표현이셨던 건데요. 어머니가 아들을 생각하는 모습이 재밌다는 듯 모두가 유쾌하게 웃었습니다.

돌아오는 길에 어머니는 "나 다신 거기 안 갈래." 하셨습니다.

"왜요, 불편하셨어요?"

"불편했어."

아프고 쇠약해지시며 어머니는 간단하고 직설적으로 말씀을 하셨습니다. 길게 얘기할 에너지가 없으셨던 겁니다. 우리집 식구 중 가장 사교적이고 유연하셨으며 말씀을 즐기던 분이었습니다. 그래서 마음이 더 아팠습니다.

비슷한 시기에 김수환 추기경 선종 1주기 추모음악회가 예술의 전당에서 열렸습니다. 퇴근 무렵 회사 정문에서 기다리고 계시던 어머니와 공연장으로 향했습니다. 속으로 음악이 모두 클래식이라 오래 앉아있기만도 힘드신 어머니가 걱정됐습니다.

객석은 관객들로 꽉 찼고 좌석이 좁게만 느껴졌습니다. 두 시간 넘는 공연이라 어머니를 모시고 중간에 나가야 될 것만 같았습니다. 하지만 공연 내내 어머니는 힘든 내색을 하지 않으셨습니다. 공연이 끝나고 집으로 오는 길에 물었습니다.

"어머니, 힘들지 않으셨어요?"

"아니 하나도…"

어머니에게는 가족이 종교이고 마리아 님이며 그리고 김수환 추기경이었습니다. 그래서 공연장이 좁고 익숙지 않은 음악이 길게 흘러나와도 보청기와 음량이 맞지 않아도 힘들다고 할 수가 없었던 겁니다.

어머니의 신체 기능들이 떨어지던 무렵 무심코 여쭤봤습니다

"어머니는 이 세상 다시 또 태어나고 싶으세요?"

"너를 아들로 만난다면 또 태어나고 싶지."

어머니, 우리 다시 만날 수 있을까요.

견진 교육을 마치고

2015년 11월, 4주간의 김은경 스텔라 수녀님의 견진 방문교육이 끝나고 십자가 선물을 받았습니다. 믿음이 한없이 부족한 내가 견진을 받아도 되는 건지… 아직은 그저 어머니가 살아계셨다면 기뻐하셨을 거란 생각에 받습니다.

견진식,
명동성당

다음 주에 있을 견진식을 위해 교육을 마치고 잠시 명동성당 앞 커피숍에 들렀습니다. 올 가을을 제대로 느껴봅니다. 많은 추억이 서려 있는 명동성당입니다. 제가 어릴 적 청운동에 살 때 어머니는 걸어서 여기까지 와 미사를 보셨다고 합니다. 작년 가을 이 앞 웨딩홀에서 있었던 조카 결혼식에 오셔서는 식이 끝나고 테라스에서 커피도 같이 드셨는데… 삼수 떨어지곤 저 혼자 와서 기도하기도 했던 곳입니다. 그리고 6년 전엔 이곳에서 세례를 받았습니다.

자주 오진 않았지만 그렇게 어머니와 제가 함께 했던 곳이어서 마음속에 더욱 남아 있나 봅니다. 그러고 보니 다음 주가 견진입니다.

같이 있던 그 순간에도 그리웠습니다

분가 후 어머니와 보내는 시간은 더 소중하고 애틋하게 느껴졌습니다. 정릉에 있는 산장에서 묵밥을 먹던 일, 병원에서 추나요법을 받고 인근 식당에서 연탄불 된장찌개를 먹던 일, 주일 미사를 마치고 찾던 식당에서 해물탕 속에 있던 새우를 건져 껍질을 까서 드리곤 했던 기억들이 먼 시간 속 추억들처럼 남아있습니다.

음식 드리는 걸 안아드리는 걸 한사코 손사래 치며 마다하시던 분이 고분고분 다 받아들이시는 걸 보며 '우리 어머니 많이 약해지셨네' 생각이 들었습니다.

그때도 알았습니다.

그러한 순간들이 이제 얼마 남지 않았다는 걸.

그래서 같이 있던 그 순간도 애틋했고 그리웠던 겁니다.

다시 그리운 어머니

시절 인연

아무리 만나고 싶은 사람이 있어도, 혹은 갖고 싶은 것이 있어도, 시절 인연이 무르익지 않으면

바로 옆에 두고도 만날 수 없고 손에 넣을 수 없는 법이다.

하지만 만나고 싶지 않아도 갖고 싶지 않아도

시절의 때를 만나면 기어코 만날 수밖에 없다. (법상스님)

2014년
박사 학위 졸업식

2014년을 맞이하며 그해 정치학 박사 학위를 받지 못하면 졸업을 하기 어렵겠다는 생각으로 막바지 논문 완성에 박차를 가했습니다.

그도 그럴 것이 박사 과정 시작하고 8년차가 됐을 뿐 아니라 설문조사와 인터뷰는 이미 2년 전에 해놓은 터라 시의성 측면에서도 마지막이란 각오로 임했습니다. 하지만 상황은 녹록지 않았습니다. 당시 회사에서 제가 있던 부서는 방송 송출을 담당하는 주조정실이었는데 밤샘과 교대근무를 하는 시스템에 적응하기가 쉽지 않아 논문에 집중하는 데 어려움을 겪었습니다. 하지만 지도 교수님이 이번엔 잘해서 끝내도록 해보자고 격려해주셔서 큰 용기를 얻었습니다. 지난한 시간들이 지나 7월에 논문 인쇄에 들어갔으며 아직도 한창 더운 8월 말 드디어 졸업을 하게 되었습니다.

막내가 2012년 파업 이후 타 부서를 전전하며 5년간 방송하지 못했던 걸 그저 조용히 옆에서 지켜보시던 어머니. 당신은 얼마나 힘드셨을까. 그런 힘겨움을 한 번도 내색하지 않았던 어머니가 "너희 회사 사장도 너 박사 학위 받은 거 아니?" 하며 처음으로 그 심정을 드러내셨습니다. 이제 학위도 받았으니 다시 아나운서국으로 복귀해서 예전처럼 방송도 했으면 좋겠다는 바람이셨던 겁니다.

"네, 아마 아시지 않을까요?" 그저 웃으며 대답해드렸습니다.

2006년, 공부하는 내용들과 과정들이 방송에 도움이 될 거란 생각으로 시작한 정치학 공부는 오롯이 방송에 필요한 균형감각과 통찰력을 키우고 싶다는 바람 때문이었습니다. 그러나 그 과정이 끝난 2014년 저의 상황은 애초에 제가 그리던 그림과는 큰 차이가 있었습니다. 저는 타 부서에서 동료들이 하는 방송을 지켜보며 방송 송출 업무를 하고 있었습니다. 그리고 졸업식에서 뜻하지 않게 어머니 영정사진이 되어버린 기념사진을 찍었습니다.

힘겨웠던 과정이 끝나니 상처만이 남아있었습니다.

어머니가 돌아가신 그날 저녁, 직면해 있는 모든 상황이 싫었습니다.

2015년
부처님 오신 날에 연등을 보며

올해도 찾아온 연등을 오늘 처음 보았습니다.

해마다 보는 연등이건만 느낌은 매번 다릅니다. 대학 시절 늦은 밤 도서관을 나오다 본, 교문까지 길게 걸려있던 연등에 대한 추억이 새록새록 떠오릅니다. 연등에 대한 첫경험이라고나 할까요. 불교신자가 아닌데도 참 예쁘다고 느꼈으니까요.

그 뒤로 해마다 연등을 보면 또 이맘때가 됐구나 하고 느끼게 됐고, 2008년 부처님 오신 날 밤에 아버지가 돌아가신 뒤론 이 날은 늘 특별한 날로 다가옵니다. 기일은 한 달이나 남았지만 오늘 연등을 보니 앞으로 한 달 동안 여러 생각이 들겠구나 싶습니다.

오늘 황순원 선생의 소나기를 후배 문인들이 기려 그 속편을 낸다 하던데, 이른바 '소녀가 죽은 후 소년은' 정도 된다던가요.

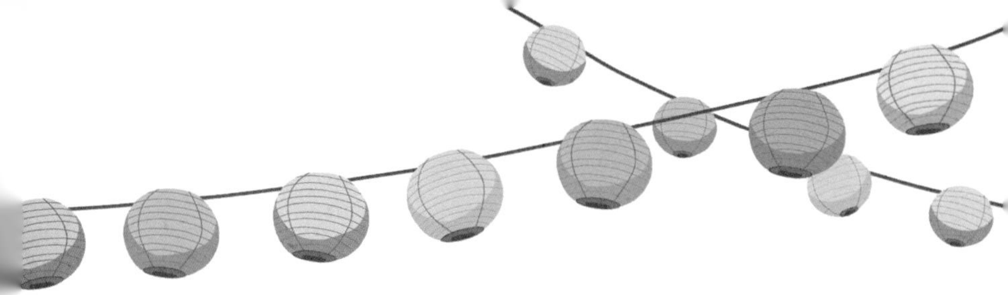

문득 그 소식이 눈에 들어왔던 건 소나기를 읽고 알퐁스 도데를 익히던 시절, 온 가족이 엄마가 구워준 삼겹살을 상추에 싸서 먹던 그 시간이 그리워져서인가 봅니다.

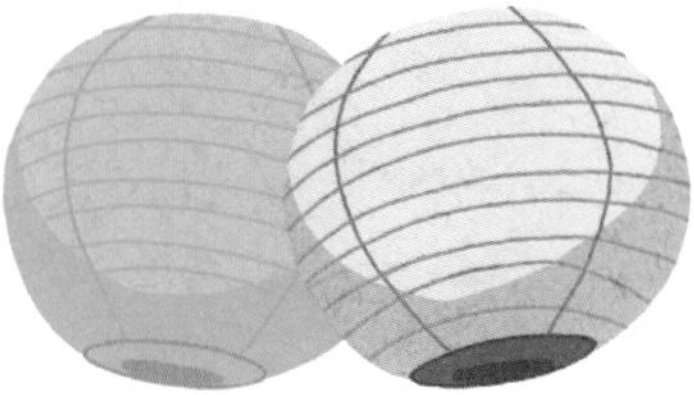

수녀님이 되고 싶으셨다던 어머니

수녀님이 되고 싶으셨다던 어머니. 이곳 바티칸 성지에 같이 왔더라면 어떤 말씀을 하셨을까.

미켈란젤로가 24살 때 만들었다는 조각상 피에타. 죽은 예수를 무릎에 누인 성모 마리아의 지긋한 표정에서 한 가족을 끌어안았었던 어머니를 느꼈습니다.

2017년, 20일간의 유럽여행을 다녀온 후 홍대에서

어제 하루 동안 기절해 잤습니다. 생각보다 그동안의 여정이 만만치 않았나 봅니다. 새벽에 잠이 깨서 전자레인지 돌려 만두 먹고 조식 겸 커피 마시러 동네 근처인 홍대에 왔습니다. 어딜 가나 커피를 실컷 마실 수 있고 무료로 화장실을 쉽게 사용할 수 있다는 사실에도 감사해야 한다는 걸 이번에 깨달았습니다. 더 애국자가 되어 돌아왔다고나 할까요.

24시간 문을 여는 이곳 커피 전문점 창밖으로 밤사이의 흔적이 여기저기 나부끼고, 밤을 지새운 젊은 친구들은 해장커피를 마시러 들어옵니다. 거리엔 전단지가 수북이 쌓여 있고 핫도그나 떡볶이를 팔던 포차들은 이제 퇴근 준비를 하고 있습니다. 길가엔 환경미화원이 수건으로 얼굴을 감싸고 묵묵히 청소를 하고 계십니다.

20살 시절 겨울에도, 새벽에 아무도 없는데 청소차로 거리를 환하게 밝히고 빗질하던 미화원분들의 모습이 눈에 들어온 적이 있었습니다. 저는 그때 밤새 거리를 배회하고 있었던 걸까요. 당시 어머니가 "어딜 그렇게 밤 패고 돌아다니니." 하고 말씀하셨던 기억도 납니다. 누군가가 어지럽히면 누군가는 치우고 닦고 맞추고. 이 동네도 다시 이렇게 정돈되며 아침을 맞고 있습니다.

어머니,
지금 어디서 무얼 하고 계세요.

조카 결혼식장에서 사촌누나가 한 말

오늘 사촌누나의 딸 결혼식에 다녀왔습니다. 누나가 처녀 시절 우리집에 놀러왔을 때가 엊그제 같은데 벌써 예순이 넘으셨다네요. 오늘 누나가 우리 형한테 말했습니다.

"내가 너를 어렸을 적에 업었었잖니."

"누나가 날 업었다고?"

"그래. 그때 너희 엄마한테 혼났었어. 너 엉덩이에 뭐 났는데 업었다고."

그때 어머니는 서른도 채 안 된 나이였지만 이미 두 딸과 한 아들을 두고 있었습니다. 그리고 조카가 당신 아들 엉덩이 뾰루지 짓이길까봐 업었던 걸 나무라셨던 겁니다. 같이 있을 땐 더 알고 싶지도 그럴 필요도 느끼지 못했는데 어머니 살아생전 내가 몰랐던 이야기들이 하나하나 들려올 때마다 애틋합니다.

아 그때 우리 엄마가 그랬구나.

마지막
야유회 나들이

어머니는 이자가 더 많다는 이유 때문에 제2 금융권에 예금하셨습니다. 그리고 이자가 나오는 날이 되면 직접 은행을 찾아가서 이자만큼만 현금으로 찾아 쓰셨습니다.

제 카드 중 하나를 드리고 쓰시라고 해도 받아두기만 하실 뿐 사용하질 않으셨습니다.

"너가 피땀 흘려 번 거를 어떻게 염치없이 그렇게 쓰니."

"그냥 편하게 쓰세요. 카드를 써버릇하면 일일이 현금 안 갖고 다녀도 되고 편해요. 우리 어머니 점점 편해지셨으면 좋겠어요."

"...... ."

제2 금융권 동네 지점은 야유회를 주최하기도 했는데 어머니는 함께 관광버스를 타고 다녀오시기도 했습니다. 바깥바람을 쐬면 힘이 난다고 말씀하시던 어머니가 마지막 야유회를 가시던 날이 떠오릅니다.

역시 그날도 은행에서 보내주는 나들이였고 골목에는 고속버스가 정차해 있었습니다. 빨강 가을 점퍼를 입은 채 귀엽고 아담한 백팩까지 메고 있는 어머니를 보고 있자니 '다시 건강해지셔야 될 텐데' 하는 기대감과 '우리 어머니 아이 같이 되셨네' 하며 드는 서글픔이 교차했습니다.

다리가 천근만근 무거워 걷기가 힘들다던 어머니는 그날 예전처럼 산을 오를 수 있을지 도전하셨을 겁니다. 어머니는 돌아오는 관광버스 안에서 어떤 생각들을 하셨을까요. 그때 어머니가 외롭지 않게 곁에서 동행하지 못한 게 두고두고 후회로 남습니다.

나의 MBC

2018년 5월 22일.
나의 MBC 시절을 뒤돌아보며

이 모든 게 감사한 마음입니다.

부처님 오신 날 방송하러 출근해서 운동 마치고 커피 마시며 단상을 끄적여 봅니다.

초, 중, 고 개근상 수상. 20살에는 종로학원에 개근하며 재수를 해 합격한 육사를 포기하고 삼수를 택했죠. 필기 만점을 받고 입교를 포기한 건 저 말고는 없지 않나 싶습니다.

일반 대학을 가고 싶어 그렇게 삼수를 했는데 결국 지원했던 대학은 못가고 분할 모집제도로 간신히 한 대학에 합격했습니다. 그러나 오리엔테이션을 다녀온 다음 날 아침 군대 영장이 날아와 입학식만 하고 30개월짜리 군대를 갔습니다. 22살 3월에 입대해 24살 가을에 제대했고, 그리고 25살에 1학년 1학기로 복학했습니다.

늦었다는 마음에 분주하다 보니 연애 한번 제대로 못한 채 4년간 늘 과외 2개를 해야 했습니다. 실용영어학원 다닐 돈과 시간이 아까워 학교에 개설된 모든 영어 수업을 들었고요.

신방영어, 경영영어, 무역영어 1, 2, 회계영어… 대학시절 역시 수업에 빠진 게 모두 다섯 번이 안 됩니다. 그것도 취업 때문에 빠졌던 거고요.

대학 4년 때 삼성에 인턴 합격한 후 미련이라도 없게 아나운서 시험에 도전하고 최종에서 떨어지곤 삼성을 안 가고 아나운서 재수를 선택했습니다. 마치 10년 전 데자뷰처럼.

그러곤 29살에 유일하게 시험 볼 수 있었던 방송사인 MBC에 단 한 명의 남자 합격자로 운 좋게 입사합니다. 입사 7년 차에 대학원을 가고 졸업과 동시에 박사과정을 시작했습니다. 앞선 전공과 달리 정치학을 택했기에 이수과목을 더 들어야 하는 불리함을 안고.

2년 만에 코스웍을 끝냈지만 이후 학위 받는 데까지 6년이 더 걸렸습니다. 그 사이 두 번의 장기파업이 있었는데 현장에 논문과 자료들을 가져가 집회 후 커피숍에 가서 읽었습니다. 박사 학위 받는 데까지 만 8년이 걸렸는데 이 사이 회사에서 주어진 정기 휴가는 종합시험과 논문 디펜스 기간으로 잡아 모두 이에 소모했습니다. 그동안 대학 강의도 쉬지 않고 6년 출강했고요.

논문 막바지에 주조종실 MD로 발령이 났고 논문 최종 디펜스에선 굴욕을 감수하며 조건부 합격을 받아 제본날까지 수정하며 간신히 학위를 받았습니다. 학위를 받았지만 회사에선 학회 활동과 토론회 활동을 경계했습니다. 파업 후 유배지 생활을 한 탓입니다.

그동안 사랑하는 나의 어머니를 잃고 나이 앞자리도 바뀌었습니다. 한때 희망퇴직도 고려했는데 그마저도 근속연수가 1년 모자라 좌절했었습니다. 근 30년간 참 열심히 살아온 거 같은데 힘만 쏟은 거 같았습니다. 그런데 이제는 6개월 전 아나운서국에 복귀한 이후 방송도 매일 즐기며 하고 있으며 아직 내가 할 수 있는 게 많고 할 일도 많다는 걸 알게 됐습니다. 여태 힘든 길을 택해 걸어온 게 다 여기로 오기 위한 거였나 싶습니다. 그래서 지금 이 순간 이 모든 게 감사한 마음입니다.

얘, 저 아나운서
집에 한 번 데리고 오렴

아나운서가 되고 퇴근해서는 집에서 식사하며 어머니와 TV를 보는 게 일상이었습니다. 어머니는 제가 다니는 방송사의 남녀 아나운서 모두에게 관심이 많으셨습니다. 당연한 거겠지요.

한 번은 TV를 보시다가 "얘, 저 여자 아나운서 참 인상 좋구나. 집에 한 번 데려왔으면 좋겠다." 하시는 겁니다.

"어머니, 나 저 아나운서하고 친해요."

"그래? 그럼 진짜로 데려와 봐."

"왜요? 데려오면? 며느리 하자고 하시게요?"

대화를 하면서 우리는 한참을 웃었습니다. 좋은 시절이었습니다. 회사에 가면 선배들이 사주는 맛있는 밥 먹고 하고 싶은 방송도 하고, 퇴근하면 집에서 식구들과 식사하면서 함께 MBC TV를 시청했습니다. 그러면서 그날 하루 방송사에서 있었던 일들과 동료 아나운서들에 대해 이런저런 이야기꽃을 피웠습니다.

그러던 어느 날 동료 아나운서들과 회식을 하고 귀갓길에 집 방향이 같은 아나운서들과 한 택시를 탔습니다. 차례차례 내리고 맨 마지막에 남아서 집에 들어왔더니 어머니께서 전화 받으라는 겁니다. 휴대전화가 없던 시절 저를 찾는 전화가 집으로 걸려온 겁니다.

"여보세요?"

"동진 씨 잘 들어갔어요? 데려다 줘서 고맙다고 전화했어요."

"네 지금 들어왔어요. 내일 봐요."

그렇게 간단히 통화는 끝났는데 어머니가 방금 그 아나운서가 누구인지 궁금해 하셨습니다.

"아 왜 지난번에 집에 한 번 데려오면 좋겠다고 하셨던… 인상 좋다고 하신 그 아나운서예요".

"그래? 내가 전화 받고 먼저 말을 안 했더니 '동진 씨 나예요. 잘 들어갔어요?' 아 글쎄 이러더라니까."

우린 또다시 크게 웃었습니다. 어머니는 입술도 오므리시며 나름 성대모사까지 하신다고 "동진씨~" 하시는 거였습니다.

"아유 그 아나운서였구나. 전화 목소리도 귀엽다, 얘."

그때 그 이야기도 그리고 어머니가 성대모사 하시던 그 시절도 이젠 먼 과거의 일이 되어버렸습니다.

초록초록 했던 그리운 그 시절들이여.

한 번도 거르지 않고
아침밥 차리고 깨우시던 어머니

제가 직장 생활을 시작하자 어머니는 항상 아침밥을 차리고 나서 저를 깨우셨습니다. 단 한 번의 예외도 없었습니다. 가끔은 너무 피곤해서 일어나기 힘들어하면 수건을 물에 적셔서 제 얼굴에 던지시기도 했습니다. 그래서 일어나보면 식탁 위에는 영락없이 밥과 반찬이 놓여있었습니다.

이마를 손수건으로 단단히 조여 간신히 정신을 차리면서까지 밥상을 차리시던 어머니에게 밥은 밥 이상의 의미였던 거 같습니다. 직장인이 회사를 무단결근할 수 없고 학생이 학교를 무단결석할 수 없듯이 어머니에게는 가족 밥상 준비가 출근과 출석 이상으로 하루도 걸러서는 안 될 일생의 소명인 거 같았습니다. 어떤 때는 어머니 자신과의 치열한 전쟁인 거처럼 보일 때도 있었습니다.

그렇게 당신이 해야 할 일에 철저하셨던 분이기에 말년에 치매에 걸릴까 더욱 노심초사하시던 어머니가 유품으로 남긴 기도문 수첩 안에는 '입 냄새 안 나는 법'이 적혀 있었습니다. 또다시 마음이 무너져 내렸습니다.

천만 원짜리 적금

아나운서가 되고 직장 월급을 받게 되자 어머니는 적금에 들자고 하셨습니다.

그래서 3년 만기 천만 원짜리 적금에 가입했습니다. 그리고 매달 25만 원 정도 냈습니다. 입사 초기에는 선배들 틈에서 돈을 쓰지 않아도 됐기에 더 높은 적금에 가입할 걸 생각도 했었습니다. 하지만 그때 6천만 원짜리 전셋집에서 살고 있었으니 많다고는 볼 수 없었지만 그렇다고 우리집 살림 규모로 봤을 때 적은 금액은 아니었던 거 같습니다.

적금은 내가 어머니 통장으로 입금하면 어머니가 은행을 찾아가 그 돈을 다시 내 적금 통장에 입금하는 식으로 진행했습니다. 내가 바로 입금해도 될 것을 굳이 효율성이 떨어지는 걸 알면서도 그리했던 건 어머니가 내 적금 통장에 직접 입금하는 걸 좋아하고 뿌듯해 하셨을 거라 생각했기 때문인 거 같습니다.

3년이 지나 천만 원의 종잣돈이 생겼고 그걸 밑천으로 좀 더 큰 금액의 적금에 가입했습니다. 이번에도 역시 어머니 뜻이었습니다. 어머니는 나를 위해서 내 적금 통장을 만드셨고 나는 만기 통장을 쥔 채 기뻐하실 어머니를 보면서 적금을 들었습니다. 그 과정에서 우리는 가족이 얼마나 소중한지를 느꼈으며, 어머니라는 비옥한 토양에서 자라는 가족 간 사랑의 열매는 무럭무럭 익어가고 있었던 거 같습니다.

회사 연수 중 편지를 보내다

2007년 10월, 회사에서 보내주는 근속 10년 차 리프레시 연수를 동기들과 제주도로 갔었습니다. 연수 프로그램 중에는 풍등을 만들어 띄우며 소원을 비는 것도 있었고 각자 보내고 싶은 사람에게 편지를 쓰는 것도 있었는데, 난 어머니에게 편지를 썼으며 하늘 높이 올라가는 풍등을 바라보며 어머니의 건강회복을 빌었습니다. 그즈음 어머니의 건강이 좋지 않았기 때문입니다.

사랑하는 어머니!

초등학교 때를 포함해서 막내를 지금껏 키워오시느라 고생 많으셨어요.

엄마 기대에 어긋나지 않도록 나름대로 항상 열심히 한다고 했는데 좋을 때도 있었지만 그렇지 못할 때도 있었네요.

엄마 사랑합니다.

예전처럼 여기저기 좋은 데 같이 가서 맛있는 것도 먹고 엄마 좋아하시는 드라이브도 하고 싶어요.

이곳 제주도도 엄마랑 누나 모시고 꼭 다시 오고 싶어요.

엄마! 이 막내가 엄마 얼마나 사랑하는지 아시죠?

엄마가 아파서 마음이 많이 아파요.

전 요즘 회사고 학교고 모두 다 정말 잘 지내고 있으니 엄마만 얼른 건강 회복하면 소원이 없겠어요.

엄마가 그동안 주신 사랑, 앞으로도 오래도록 간직하며 천천히 다 갚을 거예요. 그러니까 지금 힘들어도 조금만 참으세요. 앞으론 뭐든지 다 좋아질 거예요.

항상 엄마가 기뻐하는 모습을 보고 열심히 살았고 그게 제 가장 큰 낙이었어요. 앞으로도 사랑하는 우리 가족들 생각하며 살 거예요.

분명히 지금보다 훨씬 좋은 일들이 앞으로 시작될 거예요. 힘들어도 일부러 운동도 조금 하시고 막내 생각해서라도 식사 잘 챙기세요.

분가하고 나서도 나 혼자 잘 살겠다고 생각한 적 한 번도 없어요.

점점 좋아질 거고 편히 모실게요.

엄마 힘내요. 꼭!

사랑해요. 이 세상에서 제일루!

오래도록 막내와 함께하셔야 돼요.

-엄마를 끔찍이 아끼는 막내가

훗날 누나에게서 어머니가 이 편지를 읽으시며 펑펑 우셨다는 이야기를 들었습니다. 평생 우는 모습을 몇 번 보이시지 않을 정도로 눈물이 없던 분을 그렇게 울렸으니 난 어쩔 수 없는 불효자인 것입니다.

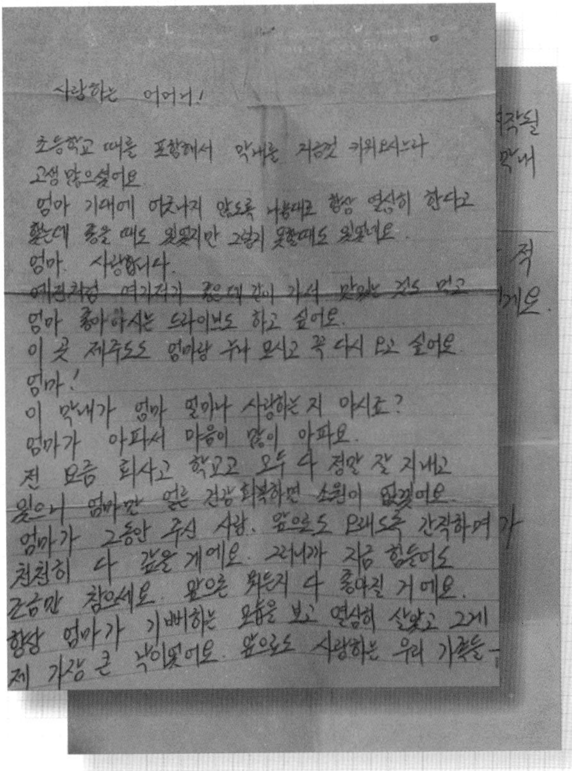

사랑하는 어머니!

초등학교 때를 포함해서 막내를 지금껏 키워오시느라
고생 많으셨어요.
엄마 기대에 어긋나지 않도록 나름대로 항상 열심히 한다고
했는데 좋을 때도 있었지만 그렇지 못할 때도 있었네요.
엄마. 사랑합니다.
예전처럼 여기저기 좋은 데 같이 가서 맛있는 것도 먹고
엄마 좋아하시는 드라이브도 하고 싶어요.
이곳 제주도도 엄마랑 누나 모시고 꼭 다시 오고 싶어요.
엄마!
이 막내가 엄마 얼마나 사랑하는지 아시죠?
엄마가 아파서 마음이 많이 아파요.
전 요즘 회사고 학교고 모두 다 정말 잘 지내고
있으니 엄마만 얼른 건강 회복하면 소원이 없겠어요.
엄마가 그동안 주신 사랑, 앞으로도 오래도록 간직하며
천천히 다 갚을 게에요. 그러니까 지금 힘들어도
조금만 참으세요. 앞으론 뭐든지 다 좋아질 거예요.
항상 엄마가 기뻐하는 모습을 보고 열심히 살았고 그게
제 가장 큰 낙이었어요. 앞으로도 사랑하는 우리 가족들

네가 기둥이다,
기둥

어머니와 언제부턴가 매일매일 통화를 하게 되었습니다.

'이제부터 매일 할게요.' 하고 시작된 거도 아닌데 매일의 일과가 되었고 먼저 전화를 안 하면 어머니에게서 전화가 왔습니다. 그리고 건강이 쇠해지실수록 말씀도 단도직입적이 되셨습니다.

"왜 전화 안 했니?"

"아 회의 끝나고 하려고 했지요."

때문에 회의가 전화 걸 시간에 임박해서 시작되거나 길어지면 회의 전에 통화하고 들어가거나 회의 중간에 잠깐 양해를 구하고 바깥에 나와서 통화를 하곤 했습니다. 그러곤 절절한 사랑고백을 했더랬습니다. 어머니가 함박웃음을 지으실 만큼. 그래야 짧게 통화해도 기뻐하셨고 서운해하지 않으시는 거 같았기 때문입니다.

"우리 어머니. 막내가 이 세상에서 제일 사랑하는 우리 요안나 어머니. 내가 눈물 나게 사랑하는 우리 하나밖에 없는 어머니. 오늘도 저녁식사 잘 챙겨드시고 홍삼도 드세요. 이따 목소리 또 듣고 싶으시면 전화하세요. 저 회의 중이라 들어갈게요."

"호호 그래그래. 나도 사랑한다. 얼른 회의 들어가."

그러다 세월이 흐르며 언젠가부터 어머니는 이 말씀을 강조하고 싶어하시는 거 같았습니다.

"네가 기둥이다. 기둥……."

회사가 이런저런 격랑의 소용돌이 속에 있을 때 저 역시 유랑자처럼 여러 부서를 전전하는 신세였기에 그런 상황에서 어머니의 유언처럼 들리는 말씀은 커다란 돌덩어리가 머리 위에 얹히는 느낌이었습니다.

'어머니, 늘 부족해서 죄송해요.'

오늘은 아버지 어머니께 추석 명절 인사드리고 왔습니다. 시절이 흘러 어느덧 어머니를 보내드린 지도 5주기가 가까워옵니다.

난 얼마나 잘하고 있는 걸까.

많이 부족한 막내에게 기대하셨던 말씀들이 자꾸 떠올랐습니다.

지친 일상 속
한 잔의 커피로

1월 1일 새해 첫날 시작한 아침방송인데 어느덧 가을을 맞고 있습니다.

하루하루 긴장을 즐기다가도 순간순간 번아웃을 느낄 때도 있습니다. 내일은 꽤 공들여 준비한 우리말위원회 세미나가 있는 날. 그래도 시원한 바람과 한 잔의 커피가 위로가 되어 주는 가을밤입니다.

어머니가 많이 그리운 날입니다.

2012년 170일 파업,
어머니 성당 미사 당분간 쉬기로 해요

공영방송 MBC가 2012년 1월에 공정방송을 사수하겠다는 목표로 파업을 했습니다. 당시 사장 퇴진을 주장하다 보니 어려운 싸움이었죠. 그러다 보니 장기파업으로 이어졌고 우리는 서서히 지쳐갔습니다.

차디찬 겨울에 시작해서 6월 무더위가 찾아왔을 무렵, 여느 때처럼 어머니와 주일 미사를 드리고 근처 공원에 갔습니다.

"얘, 분수 좀 보고 가자꾸나."

"네 어머니. 근데 우리 당분간 성당 미사 쉬었다 나가기로 해요."

"그래…그럼 그렇게 해…."

"주중에 파업이 길어지다 보니 요새 좀 힘드네요. 휴일엔 당분간 쉬고 싶어요, 어머니."

고향이 수원인 어머니는 10대 때부터 성당을 다니셨습니다.

한때 수녀님이 되려고도 하셨을 만큼 신실했고, 성당을 무척 사랑하셨습니다. 건강이 쇠해지시고 걸음도 힘겨워하셨지만, 아들과의 성당 데이트만큼은 일주일 내내 기다리시며 큰 즐거움으로 여기셨습니다. 그걸 알기에 성당을 쉬었다 가자는 말은 어머니는 물론 저 스스로에게도 무척 아픈 말이었습니다. 훗날 제 누이가 어머니에게 이렇게 말했다는 걸 알게 됐습니다.

"막내아들 이제 그만 놓아주세요."

5년이 지나 우리는 또다시 파업을 했고 차가운 바람이 부는 겨울 문턱에 와있습니다. 스산한 바람이 부는 즈음을 맞이해 그날 어머니 마음이 어떠했을지 생각하면 마음이 저려옵니다.

2017년 늦가을에

커피숍과 책과 나만의 시간들

박사과정 초기에 같이 공부하던 분이 이런 말을 했습니다.

"박사과정에 있는 사람은 언제 어떤 상황에서든 책만 있으면 공부할 수 있어야 합니다."

지금도 자주 떠오르는 말입니다. 1년 전까지 커피숍은 나의 도서관이었습니다. 여름 소나기가 내리던 생일 밤에도 커피숍에서 노트북 자판을 두드리고 자료를 정리하던 기억이 납니다.

"생일이죠? 뭐 하세요?"

문자를 받고 빨리 이 과정이 지나갔으면 했습니다. 여름휴가는 종합시험과 논문심사 준비시간으로 잡았었고 휴가가 오히려 힘겨웠을 때가 많았습니다.

오랜만에 커피숍에 책 읽으러 왔습니다.

책은 늘 흐트러진 나를 일으켜 세워주고 정신을 맑게 해줍니다.

그리고 이런 시간들이 좋습니다. 회사 다니며 학교에서 수업 들을 때도 혼탁해진 정신이 또렷이 맑아지는 게 좋았습니다. 얼마 전까진 여름이 싫었습니다. 몸도 열체질이라 여름이 늘 힘들었죠. 이젠 싫은 계절이 없습니다. 한여름 뜨거운 햇볕이 맨팔에 닿아도 따뜻하다는 느낌도 받습니다

요즘은 여름 하늘이 예쁩니다.

인생은 주어진 시간이 정해져 있기에 이젠 하나하나 더 느끼고 싶습니다. 긍정적이고 낙관적으로. 이 시간이 책 내용보다는 나를 정리해주는 시간이라 더 소중합니다.

2015. 07. 26.

빽도 없는 나를 뽑아준 MBC

나의 MBC는 훌륭했습니다.

빽도 없고 평범한 29살 늙은 총각을, 오직 한 명 뽑을 때 받아준 회사. 그건 가히 기적처럼 여겨졌습니다. 모두에게 동등하게 기회가 주어지는 회사.

그때라고 왜 청탁이 없었을까요. 당연히 있었겠지만 그런 부탁이 들어오면 그 사람은 바로 아웃이라는 인식이 있었습니다. 그래서 그때는 만나는 사람마다 자신 있게 자랑스레 말했습니다.

"나같이 아무 빽도 없는 사람을 가능성만 보고 뽑아준 MBC 같은 회사가 또 있을까."

어떤 외압도 통하지 않는 청정지역, 적어도 나에게 MBC는 그런 회사였습니다. 입사 후 회사 안에는 내가 보고 따라가야 할 게 천지였습니다. 방송노하우부터 사고방식, 생활습관, 철학까지 천 명이 넘는 선배가 모두 인생 스승이었습니다.

'이런 회사를 다닌다는 거 자체가 내겐 큰 영광이다.'

정말 그땐 그랬었습니다. 5년 차쯤 됐을 때 유시민 씨에 이어 손석희 선배가 '백분토론'을 맡았습니다. 그때 매주 목요일이면 '아 오늘은 백토 하는 날' 하며 집에서 시그널 음악 듣고 설레며 시청하다 잠들곤 했습니다. 아침엔 '시선집중', 밤엔 '백토'를 시청하며 '언젠가 내가 가야 할 길'이라고 생각했었습니다.

당시엔 회사에서 자기계발도 권장하던 분위기라 주경야독, 힘들게 박사과정까지 완주할 수 있었던 것도 미래에 대해 생각하면 가슴이 벅찼기 때문이었습니다. 그리고 관심사였던 'TV토론'에 대한 논문으로 학위도 받았습니다. 그런데 회사와 관련해 설계된 내 시침은 여기서 멈췄습니다.

2012년 공정방송을 내걸며 170여 일 무임금으로 버텼던 파업이 실패로 끝났습니다. 당시 한나라당 유력 대선 후보였던 박근혜 씨가 '선 파업종료, 후 공정방송 여건 장치마련'을 약속해 파업을 접었지만 그는 끝내 약속을 지키지 않았습니다. 그리고 그의 정권하에서 MBC는 참 많이도 변질돼 버렸습니다. 이번 촛불정국이 어떻게 흐를지, MBC는 어디로 갈 것인지, 그리고 나는 어디로 갈 것인지 생각이 많은 밤입니다.

2016. 11. 13.

늦은 밤

어머니와의 추억,
책으로 엮고 싶어

어머니와 난 각별했습니다.

넉넉지 않은 살림에도 막내 돌잔치를 풍성하게 해주셨으며 그저 헌신이란 말밖에는… . 언젠간 어머니에 대한 내 기억을 온전히 모아 책으로 엮어볼 참입니다. 오늘 서재에 일찍 들어와서 책 정리를 하다 이것저것 들춰 보고 있습니다. 이사 온 지도 한 달 남짓 되었습니다. 웬만한 건 다 버렸지만 손때와 추억이 묻어있는 것들은 가지고 왔습니다. 그중에서도 영어로 써내려갔던 것들은 지금 봐도 애틋합니다. 그때 그 순간들이 고스란히 기억나기 때문이겠죠.

3수로 대학에 입학하자마자 30개월 군대 가서 25살에 1학년 1학기로 복학했습니다. 영문과를 다녔지만 순수 영문학보다는 취업을 해야 한다는 생각에 실용영어 공부 목적으로 타과의 전

공 영어 수업을 전부 다 들었습니다. 신방영어, 경영영어, 무역영어, 회계영어 등.

이사를 참 잘 온 거 같습니다.

전보다 마음도 편안해졌고 이제부터 찬찬히 들여다보고 정리하며 다시 차근차근 쌓아가고 싶어집니다.

2017. 01. 10.

지나가시던 야쿠르트 아주머니가

어머니가 쇠해지기 시작했을 무렵 주일 미사 후 집에 모셔드리고 헤어지려는데 걸음이 떼어지지가 않았습니다. 꽉 안고 이마, 코, 양볼에 입맞춤해 드렸습니다.

지나가던 야쿠르트 아줌마가 우두커니 서서 멍하니 우리를 쳐다봅니다.

그러곤 '모자간 이런 모습은 처음 본다.' 하십니다.

2017. 01. 21.

어머니 2주기 날

고3때 같은 반 친구, 평생의 친구가 되다

고3때 같은 반이었던 친구를 오늘 만났습니다.

당시 고3 학기 초부터 이 친구는 삭발을 했었는데 오로지 공부만 하겠다는 의지의 표현이었던 겁니다. 근데 그때 난 이 친구의 삭발이 주는 선입견과 거부감으로 인해 나하곤 안 맞는 스타일이라고 단정지었습니다. 그런데 그렇게 서로 데면데면 지내다 여름방학 첫날, 같은 독서실을 다닌다는 걸 알게 됐고 그날 우린 밤새 이야기꽃을 피우다 급격히 친해졌습니다. 그러곤 남은 고교 시절 내내 절친이 되었습니다. 사람의 인연이란…

그동안 어른이 된 후로 지금까지 자주 보진 않았지만 많은 추억을 공유해온 친구입니다. EBS PD로 입사해 나보다 방송으론 선배인데 내가 이 친구 결혼식 사회도 봤었고 얼굴만 쳐다봐도 어릴 적 기억들이 막 쏟아져 내리는 친구입니다, 오늘 밤 그런 마음의 고향 같은 친구를 만났습니다.

2017. 03. 29.

김천에는
효자가 많을 것 같습니다

저에게도 참 좋은 친구가 몇 명 있습니다.

그중 한 친구에 대해 말하려고 합니다. 그 친구의 고향은 경북 김천. 13년 전 대학원에서 만난 이 친구가 어느 날 말합니다.

"아버지는 고등학교 때 교통사고로 돌아가셨고 어머니는 몸이 편찮으셔서 심마니 동호회에 가입해서 주말마다 산에 산삼 찾으러 다녀. 여태까진 내가 찾지는 못했고 일행이 발견한 걸 사서 어머니 해드린 적은 있어."

예전 수호지에나 나올 법한 이야기가 아닌가. 부모님 약해 드리려고 산삼을 캐러 다닌다니. 그런데 그 친구의 그런 효심에도 어머니는 일년 후에 돌아가셨습니다. 그 친구가 오늘 승진했다 해서 기쁘게 만났는데 이렇게 말합니다.

"좋긴 한데 승진했다고 연락드려서 기쁘게 해드릴 부모님이 안 계시네."

산삼까지 찾아다니던 친구였으니까요.

왠지 김천에는 효자가 많을 거 같습니다. 동네에서 혼자 저렇게 된 건 아닐 거란 생각이 드니까요. 어릴 적부터 주변에 선한 영향력이 많았을 거고 어쩌면 이 친군 거기서 평균일지도 모르죠. 그러니까 늘 이렇게 말하는 게 아닐까요.

"아니야, 내가 무슨 효자야. 그런 소리 하지 마. 말도 안 돼."

2017. 03. 27.

어머니도
자기 편이 필요하신 겁니다

한참 전에 여자 아나운서 선배와 이런 얘기를 나눈 적이 있습니다.

"어머니가 누군가를 안 좋게 얘기하실 때가 있어요."

"그럴 땐 어떻게 하세요?"

"그냥 듣고만 있는데요."

"같이 욕해 드리세요. 저희 어머니도 누구 욕할 때 제가 같이 욕하면 금세 아이처럼 풀리세요."

그 뒤 어느 날 어머니가 통화 중에 누군가를 원망하셨습니다.

"그 사람 때문에 내가 제명에 못살겠다."

"그래요? 누가 우리 어머니를 못살게 했어요? 이런 벼락 맞을 놈이 있어? 천사 같은 우리 어머니한테."

"…고맙다. 이해해줘서…."

자신의 이야기를 진심으로 들어주는 내 편이 필요하셨던 겁니다.

'아니에요. 어머니 그러지 마세요'가 아니라 내 말에 동의해주는 누군가가 필요하셨던 겁니다. 우리 어머니가 외로우셨던 겁니다. 평생 가족을 위해 헌신하고 희생만 했던 어머니가 많이 외로우셨구나, 내 편이 그리우셨구나 생각하니 너무나 죄송하고 서글픔이 밀려왔습니다.

아나운서 이야기

29살에
아나운서가 되었잖아요

어머니, 그때를 기억하세요? 1996년 10월.

아침에 자는데 저를 깨우셨잖아요. MBC 인사부에서 전화 왔다고.

전날 저는 최종 면접을 봤었고 다음날 아침에 합격전화를 받은 거예요.

"신동진 씨, 내가 왜 전화했을 거 같아요?"

그날이 제 인생에서 가장 행복했던 순간이었어요. 마치 온 세상을 다 얻은 기분이었죠. 아 이런 순간이 내게도 오는구나.

그거 아세요? 제가 아나운서가 되어 가장 기뻤던 건 그 지난한 과정을 옆에서 묵묵히 참고 지켜봐 준 어머니가 저보다 더 기뻐하셨기 때문이었어요. 대학을 세 번 떨어지고 입학과 동시에 30개월 군대 가서 25살에 1학년으로 복학했던 거 기억하시죠. 취업도 재수해서 29살에 아나운서가 되었잖아요. 하지만 어머니는 한 번도 저에게 어떤 길을 가라고 부모로서 권리를 행사하신 적이 없었지요. 늘 안타까워하며 기도로 저를 응원하셨죠.

1994년 크리스마스 자정미사 때 어머니의 그 절실했던 기도를 지금도 잊지 못합니다.

그리고 어느덧 20년이 흘렀네요. 오늘, 그동안 아나운서란 직업에 대해서 막내가 어떻게 생각했는지 이야기해 드릴게요.

어머니, 제가 처음 아나운서가 되면 좋겠다고 생각한 게 언제인지 아세요? 초등학교 4학년 때 같은 반 여학생이 저한테 이런 말을 했어요.

"동진이 너는 아나운서 하면 참 잘할 거야."

그때 그 여학생이 왜 그렇게 말했는지는 저도 잘 모르겠어요. 공부를 잘한 것도 아니고 그렇다고 말을 잘하는 편도 아니고 운동만 좋아했잖아요. 성격도 과묵하고 남 앞에 나서기엔 수줍음도 많았구요. 하지만 누군가의 한마디가 다른 한 사람의 인생에 큰 영향을 줄 수 있다는 걸 알게 됐어요. 그날 이후 전 아나운서가 되고 싶다는 생각을 처음으로 하게 됐고 TV에 아나운서가 나오면 괜히 따라 하게 됐으니까요.

아나운서는 방송의 꽃인가

어머니, 막내가 벌써 방송사에 입사한 지 꼬박 20년이 되었어요.

그동안 아나운서란 직업에 대해 많이 고민했는데요, 그중 가장 많이 한 게 바로 아나운서란 직업은 무엇인 걸까였어요. 저도 헷갈릴 때가 많았거든요. 그래서 대학에서 학생들에게 강의를 할 때면 가장 먼저 던지는 질문이 있었어요. 바로 아나운서, 기자, 앵커를 구분할 줄 아느냐는 거였는데요.

그때 많이 들었던 게 "기자는 취재해서 기사를 쓰는 사람이고 아나운서는 그걸 읽는 사람 아니에요? 앵커는 자기 생각을 말하는 거까지 하는 사람이구요."

학생들이 우리를 완전히 앵무새 취급하더라구요. 좀 화는 났지만 참았어요.

그때 제가 원하는 답의 핵심은 아나운서와 기자는 직종이름이고 앵커는 방송에서의 역할이라서 아나운서와 기자 모두 방송에서 앵커를 할 수 있다는 거였어요. 그러니까 손석희 씨는 아나운서 출신 앵커이고 엄기영 씨는 기자 출신 앵커라고 말하는 게 맞는 거구요. 근데 방송을 많이 보는 대학생들도 제대로 구분을 못하니 일반 시청자들은 그 구분에 대해 더 힘들어할 거라 짐작됐어요.

근데요, 이게 정말 간단한 게 아니더라구요. 사람들은 PD, 기자는 딱 떨어지게 잘 알면서 마이크만 잡으면 다 아나운서로 착각하는 거 같았어요. 그래서 예전에 한국아나운서 연합회 회장을 하던 시절에도 아나운서 정체성 확립에 대한 이야기를 많이 했었지요.

어머니. 아나운서들에겐 가끔 원치 않는 일들이 벌어지기도 해요.

많은 사랑을 받는 부러운 직업이면서 동시에 나쁜 의도로 비난받을 때도 있거든요.

수년 전에는 국회의원이 아나운서 집단을 모욕하는 막말을 해서 파문도 있었구요. 그래서 우리가 따지기도 하고 소송도 했더니 법원에선 아나운서는 특정하기 모호한 집단이라는 거예요. 어디부터 어디까지가 아나운서인지 헛갈려서 모욕당한 주체를 규정할 수 없다는 건데요. 세상에, 20년 동안 그럼 막내는 어느 집단에 있었던 건지 그 판결에 억울해서 원망도 많이 했어요.

그래서 동료들은, 방송이나 광고에서 타 직종의 방송인들이 아나운서 타이틀로 소개되는 일이 많고 이로 인해서 아나운서들이 오해를 받아 비난을 받는 일도 생기기 때문에, 그런 일을 막기 위해 제도적 장치를 만들자고 했었지요. 아나운서 사회가 외부에 배타적이거나 폐쇄적으로 가는 것은 반대하지만 오용되고 혼동되는 일은 바로 잡는 게 맞는 거 같아요(아나운서저널, 2013. 6.).

어머니, 막내가 신입사원 교육을 받던 때 어떤 분이 교육시간에 이런 말을 했어요.

"아나운서가 방송의 꽃인 시절이 있었다. 하지만 이젠 더 이상 아니다."

그때 그 말이 왜 그렇게 서운하게 들렸는지요. 굳이 안 해도 될 말을 동기들이랑 교육받는 자리에서 하는 바람에 그 뒤로 엘리베이터에서 만나면 인사도 안했어요. 막내라 고집은 있잖아요. 근데 그 뒤로 생각해보니 그때가 아나운서 직업에 변화가 많왔던 시기였어요. 막내가 태어나던 1960년대에 우리나라 TV 방송이 시작됐대요.

그 당시 임택근 선배 같은 초기 아나운서는 엄격한 언어훈련도 받고 다양한 역할을 맡아서 방송사에서도 영향력이 대단했다네요. 30대 초반에 지상파 방송사의 전무를 했다니 지금으로선 상상할 수 없는 일이잖아요. 그러다 점점 방송이 정확한 언어보다는 재미와 전문성을 중시하는 분위기로 가면서 아나운서 위상에도 영향을 주게 됐어요. 사투리를 쓰거나 우리말을 자주 틀리게 쓰는 연예인 진행자들이 국민 MC 칭호를 듣는 시대가 온 거예요. 거기다 뉴스에서는 기자 진행자가 늘어났고 시사 보도에는 PD 진행자까지 나타나면서 뉴스 시사는 기자와 PD, 예능은 연예인에게 밀리면서 아나운서는 전문성 없이 전달만 해주는 기능인인 건가 하는 자괴감이 들기도 했어요.

'아나테이너'란 말 들어보셨어요? 그런 위기감 속에서 방송언어의 파수꾼이라던 아나운서들이 엄숙주의를 벗고 파격적인 모습으로 등장했네요(오미영, 2004).

근데 아나운서의 연예인화는 오히려 부메랑이 되어 아나운서란 직업은 도대체 정체가 무엇이냐는 논란에 더욱 휘말리게 되었어요. 어떤 연구에선 시청자들은 오락(예능) 프로그램의 진행자로서 아나운서에 대한 선호도는 낮지만, 아나운서의 오락 프로그램 출연은 찬성하는 경향을 보였다고 하네요(황은영, 2011).

그리고 실제 그런 시청자 요구가 반영된 건지 예능 프로그램에서 대다수 아나운서들은 예능 패널(출연자) 역할에 그치고 프로그램을 이끌어가는 진행자의 몫은 연예인인 경우가 많아 아나운서들의 역할이 축소된 거 같다는 비판도 받았어요. 한 아나운서는(SBS 김소원) 이렇게 말했지요.

"아나운서들이 어떤 틀 안에서 경직된 목소리를 낼 것인지 개성을 마음껏 뽐낼 것인지에 대해 통일된 건 없다구요." (경향신문, 2014. 11.)

사실이에요. 그럼 결국 아나운서는 연예인도 아닌 언론인도 아닌 그저 방송인인 건가.

어머니, 저는 어릴 적에 방송에서 아나운서를 보면 좀 이상하단 생각이 들었어요.

변웅전 아저씨는 체육복 입고 명랑운동회를 진행하는데 차인태 아저씨는 양복 입고 장학퀴즈도 하고 뉴스도 하시는 거예요. 도대체 아나운서는 뭐지. 체육복 입고 허허 웃는가 하면 양복 입고 딱딱한 표정으로 웃지도 않고. 뭐가 진짜지. 근데 그게 요즘 말하는 멀티 플레이어였나 봐요. 그래서 아나운서 입사하고 선배에게 물어봤어요.

"선배, 아나운서는 연예인인가요, 아니면 언론인인가요?"

아나운서 막내 시절 선배에게 겁 없이 던진 철없는 질문이었어요.

근데 그건 어릴 적부터 진짜 궁금했던 거였는데 그 선배가 이렇게 대답했어요.

"아나운서는 하는 역할들이 많아서 하나로 통일해서 말하기 힘들어. 그 사람이 전문성을 가지고 있고 누구나 인정하는 이미지가 있다면 그게 그 아나운서의 정체성이야. 예능으로 특화해서 이미지가 굳어져 있다면 연예인인 거고 시사뉴스로 정평이 나 있다면 저널리스트인 거야."

헉. 그렇다면 전문성이 없고 아무 이미지도 없는 아나운서는 뭐지. 그냥 아나운서인가. 하지만 그 선배의 말을 듣고 아나운서 개인에 대한 정체성에 대해선 어느 정도 답을 갖게 되었어요.

어머니, 이제 막내의 생각을 이야기할게요.

저는 운이 좋게도 뉴스, 시사 교양, 예능, 라디오 등 다양한 장르의 방송을 접할 수 있었어요. 입사 3개월 만에 아침 시사 교양 프로그램에 고정코너를 맡아 방송을 시작한 거죠. 제 아나운서 생활 동안 어머니는 한 번도 거르지 않고 아침 밥상을 차리시고 저를 깨우셨죠. 전 밥을 먹으며 잠을 깼구요.

이제야 감사드려요. 좀 더 일찍 자서 아침에 더 잘 일어나는 건데…. 아 드디어 첫 방송 하러 새벽에 집을 나설 때 어머니도 얼마나 설레며 기대하셨을까요.

전날 저는 국회에서 ENG라고 하는 야외녹화를 했어요.

한 법안을 두고 여야가 대치하는 상황에서 법안 통과 마지막 날이라 분위기가 무거웠죠. 국회 안으로 들어가는 의원들을 인터뷰하는 거였는데 당시 김수한 국회의장은 엘리베이터 안까지,

내무부장관은 화장실까지 쫓아가 무작정 마이크를 들이댄 기억이 나요. 그땐 정말이지 카메라와 마이크만 있으면 겁 없이 현장을 누비고 다녔던 거 같아요. 그리고 그 뒤로 스포츠 매거진 MC, 예능 MC, 뉴스 등을 진행했는데요, 저한텐 뉴스가 가장 잘 맞는 거 같았어요. 스포츠는 젊었을 때 매력이 돋보이는 거 같고, 예능은 정해진 틀 안에서는 재미있게 잘할 수 있었는데 대본 없이 연예인들하고 즉흥적으로 하는 진행은 힘들기도 하고 왠지 공허함을 많이 느꼈어요. 내가 지금 뭐하고 왔지? 하는 느낌. 저하고 안 맞는 거죠.

뉴스는 PD, AD, 앵커가 각기 자기 맡은 거만 잘하면 되는 편이라 별로 간섭을 안 받아요. 그래서 혼자 알아서 하기 좋아하고 남의 참견을 반기지 않는 제 성향상 잘 맞았던 거 같아요. 그리고 그 날의 뉴스를 일찍 알아서 시청자에게 알리는 보람이 커요. 어머니도 제가 뉴스에 나오는 걸 제일 좋아하셨죠. 반듯해 보인다고.

사실 진행자들이 화면에 가장 멋있게 나오는 건 예능과 뉴스에요. 예능은 조명이 화려하고 강하고, 뉴스는 앵커에게 집중되어 훤칠하게 나오도록 하니까요.

어머니, 그런데 이 모든 프로그램에서 아나운서에게 가장 중요한 건 '우리말 바로 쓰기'예요.

이건 아나운서에겐 직업윤리이자 금도 같은 거예요. 좋건 싫건 간에 모든 프로그램에서 아나운서가 지켜야 할 기본 덕목인 거지요. 근데 이게 방송에서 아나운서를 빛나게도 하지만 예능에선 아주 불리해요. 아나운서들은 예능에서 표준어를 다 지키기도 힘들지만 그럴 경우 어감이 안 살 때가 많거든요. 재미가 떨어지는 경우요.

가뜩이나 요즘 사람들이 말하는 속도가 빨라져서 방송에서 자고저(字高低)를 지키며 말하기도 쉽지 않은데, 아나운서가 비어를 쓸 수도 없다 보니 빛의 속도로 빠른 예능 대화에선 소외될 수밖에 없어요. 결국 우리말이냐 재미냐, 둘 중 하나를 추구하다 예능에서 하차하거나 아니면 연예인화되어 프리랜서의 길을 가는 거죠.

어머니, 사람들은 가끔 저한테 연예인이라고 하대요.

그리고 어떤 PD는 모든 출연자를 통틀어 '연기자'라 부르기도 해요. 하지만 저희 아나운서들은 '촬영'보단 '녹화'라는 말을 써요. 어감의 차이 때문일 텐데 드라마나 영화가 아니라 방송의 느낌이 강하기 때문이에요. 결국 아나운서는 아나운서라는 고유의 이름으로 불리는 걸 가장 좋아해요. 그런데 어느 한 아나운서가 연예인의 이미지가 강하고 본인도 그런 길을 지향하고 인정도 받는다면 연예인이라고 생각해도 될 거 같아요. 그리고 어떤 아나운서가 언론인의 이미지를 갖고 있고 오랜 세월 그런 길을 걸어왔으며 시청자가 그런 그를 지지한다면 저널리스트라고 부르는 게 당연하잖아요.

하지만 그런 그들도 직업인으로서 아나운서로 소속되어 있다면 그 모든 걸 포용할 수 있는 건 '아나운서'예요. 바로 이 말이 아나운서가 연예인인지 언론인인지에 대한 외부의 엇갈린 평가에 대해 막내가 갖고 있는 생각이랍니다. 물론 아나운서는 월급쟁이라 연예인처럼 호사를 부릴 수도 없고, 김영란법으로 방송사 모든 직종이 언론인이 되었지만 그건 별개의 이야기구요.

어디까지가 아나운서를 말하는가

어머니, 아나운서가 하는 방송은 보통 뉴스, 교양, 예능, 스포츠, 라디오 진행으로 나눌 수 있어요.

그리고 아나운서에 대한 정의는 명시적으로 통일되어 있진 않지만 KBS 아나운서였던 김상준 선배님 구분이 가장 현실적인 걸로 생각이 들어요. 이 분은 좁은 의미로 아나운서는 지상파 방송과 케이블 TV, 인터넷 방송 등 라디오와 텔레비전 방송사의 사원으로 TV와 라디오의 뉴스와 MC, DJ, 스포츠와 각종 행사의 중계방송 등을 주 임무로 하는 사람이나 그 직업을 말한다고 했어요.

그리고 넓은 의미로는 방송사를 포함해서 학교와 기업, 공항이나 역의 터미널, 경기장 등에서 안내 방송을 하는 사람이나 그 직업을 말한다고도 했구요(커뮤니케이션 이해총서, 2013.). 근데 이 부분에서 자주 갈등이 생겨요. 바로 방송사나 특정 회사에 소속된 사람만 아나운서로 볼 건지의 문제 때문이에요.

아나운서라는 게 자격증으로 얻어지는 건 아니지만 각 사(社)에서 아나운서라는 직종으로 선발되어 소속되어 있는 동안은 아나운서 타이틀은 주어지고 지속되는 것인데요. 그런데 아나운서 출신 프리랜서 방송인들이 실제 방송이나 광고에서 아나운서 타이틀을 사용하는 경우가 많고 제작자들도 딱히 구분 없이 섭외를 하고 있어요.

면접시험에서 손석희 선배가 했던 질문과 나의 대답

어머니, 이제 제 이야기를 마칠 때가 되었어요.

아주 오래전 면접시험에서 손석희 선배님이 저에게 했던 질문과 제 대답을 들어주실래요.

"신동진 씨는 전경제대를 했는데 시위현장에서 대학생과 싸울 때 기분이 어땠어요?"

"사람들은 전경과 대학생이 시위현장에서 싸우면 이 나라의 불행이라고 말씀하시는데 어제 내무반 제 옆자리에서 잠을 잤던 동료가 화염병에 맞아 온몸에 불이 붙는 걸 보면 그런 생각은 사치라는 생각이 들었습니다."

그때 이상하리만치 마음이 편해지면서 진솔하게 대답을 했고 저는 지금도 이 대답으로 아나운서가 될 수 있었다고 생각하고 있어요(아나운서 저널, 2013. 7.).

어머니, 그동안 넘어지면 일어서고 지치면 재충전하고… 그렇게 숨 가쁘게 20년을 지내온 거 같아요. 기쁨과 희망과 좌절들이 함께했던 지난 시간들이 문득문득 스쳐지나가네요. 하지만 분명한 건 막내는 아나운서가 된 걸 후회한 적이 한 번도 없어요. 아마도 그건 앞서간 선배님들이 너무도 자랑스러웠기 때문일 거예요. 그리고 무엇보다 어머니가 제 방송을 주무시다가도 깨어나서 보아주셨기 때문이에요.

어머니, 아나운서로 태어나게 해주시고 길러주셔서 고맙습니다.

생각 한 줌

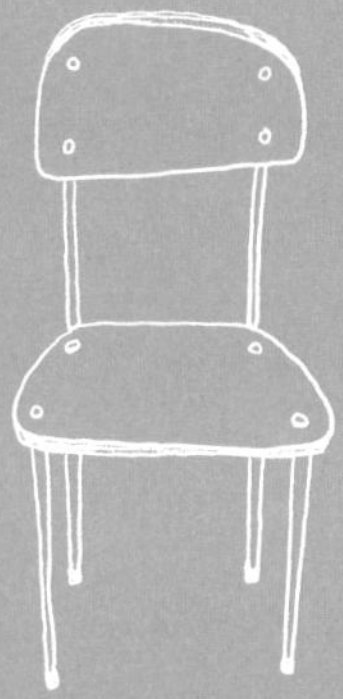

좋은 스피치란

좋은 스피치란 적절하고 핵심적인 아이디어를 고안(invention)하고, 이를 논리적으로 조직(organization)하며, 적절한 표현양식(style 개성)을 통해 구성한 후, 효율적으로 암기(memory)하여, 감동적으로 발표(delivery)하는 것이다.

-Aristoteles-

단, 여기서 암기란 단순히 외우는 게 아니라 수많은 연습을 통해 내용이 머릿속에 자연스레 저장되는 걸 말한다. 따라서 좋은 스피치는 메모한 내용을 참고만 할 뿐 보고 읽는 게 아니다.

누구나
행복할 의무가 있다

꾸베씨의 행복여행

오랜만에 유쾌하게 본 좋은 영화

난 영화는 보고 나서 기분 좋아지고 마음 가벼워지는 작품이 좋다.

설렘 뿌듯함이 여운으로 감기는 영화

거기에 인생에 대한 메시지가 있으면 더 좋고

'어바웃타임' '미드나잇 인 파리' '호우시절' 그리고 바로 이 영화처럼

이 영화는 '누구나 행복할 의무가 있다'는 메시지가 행복론의 가장 높은 경지에 있다고 말한다. 그것이 결국 인생에서의 소명이라고.

모나코 국왕의 집 구입

모나코 국왕이 어머니를 그리워하며 어머니 생가를 샀네.

여윈 지 35년 됐는데도 아직도 애틋한가 보다. 어머니이니까.

집 나간 고양이 8년 만에 귀환해

뉴질랜드에서 집 나간 고양이가 8년 만에 귀환해 화제다. 가끔 개나 고양이가 먼 길을 돌아 주인 품에 안긴다는 뉴스를 접한다.

신기하게도 작고하신 이규태 선생의 '이규태 코너 (2001.12.25.)'에서도 '고양이 찾아 3만리'라는 제목으로 뉴질랜드 고양이의 귀환 소식을 다루고 있다. 뉴질랜드 항구에서 귀염 받던 명물 고양이가 한국 어선에 잘못 올라다 3만 리 타국으로 왔다가 귀환했다는 것이다.

사람 간 인연이든 동물과의 인연이든 살면서 참 다양한 인연을 맺고 사는 거 같다.

인연-피천득

어리석은 사람은 인연을 만나도 몰라보고
보통 사람은 인연인 줄 알면서도 놓치고
현명한 사람은 옷깃만 스쳐도 인연을 살려낸다.

그냥
안아만 줘요

영화배우 기네스 팰트로의 아버지가 돌아가셨을 때 누구나 그렇듯 그녀 역시 깊은 슬픔과 충격에 잠겼다. 그녀의 남편이었던 크리스 마틴은 "내가 당신을 위해 무엇을 할 수 있을까?" 물었다. 이에 대한 그녀의 답은 다음과 같았다.

"Just hold me, you are the only one who can fix me."

(그냥 안아만 줘요. 당신만이 나를 치유할 수 있는 유일한 사람이에요.)

남편인 마틴은 그녀를 위해 곧 노래를 만들었다. 그리고 그 곡이 바로 아래에 있는 곡이다. 사람에 치이고 사람 때문에 힘들어해도 결국 치유해 줄 수 있고 치유 받을 수 있는 것은 사람이다. 생과 사가 종이 한 장 차이인 것을 절감하는 요즘, 그래도 사람에 희망을 걸어본다.

함께 영원할 수 없음을 슬퍼 말고

잠시라도 함께 있음을 기뻐하고

좋아해 주지 않음을 노여워 말고

이만큼 좋아해 주는 것에 만족하고

나만 애태운다고 원망치 말고

애처롭기까지 한 사랑을 할 수 있음을 감사하고

주기만 하는 사랑이라 지치지 말고

더 많이 줄 수 없음을 아파하고

남과 함께 즐거워한다고 질투하지 말고

나의 기쁨이라 여겨 함께 기뻐할 줄 알고

이룰 수 없는 사랑이라 일찍 포기하지 말고

깨끗한 사랑으로 오래 간직할 수 있는

나는 당신을 그렇게 사랑합니다.

-한용운

우린 어떤 인연이었나

정은임이라는 아나운서가 있었다.

아나운서 합격하고 입사 전 아나운서국에 처음 인사하러 갔던 날, 정신없이 인사하고 나오는데 아주 예쁜 여자 아나운서가 나에게 말을 걸었다.

"신동진 씨 생일 언제에요?"

나중에 알고 보니 후배인 내가 동갑인 걸 알고 누가 더 생일이 먼저인지 알고 싶었던 거다. 이지적이고 빈틈없는 인상 속에 그런 소녀같이 순수하고 귀여운 매력이 있었다.

특별히 친하지도 늘 일정한 거리감이 있었지만 나는 그녀를 인정했고 경외감이 들기도 했었다. 늘 컴퓨터 자판기를 두드리고 플로피 디스크를 열심히 넣었다 뺐다를 분주히 했으며 주말에 읽을 책들이 도착했다며 행복해하던 모습이 기억난다.

어느 날 감기몸살이 났다길래 내가 뜨거운 국물 있는 밥을 사주겠다 했고 우린 인근 식당으로 갔다. 그리고 이런 말을 했다.

"은임 선배, 이상은이 '언젠가는'을 20대 초반에 만들었다는데 어떻게 그 나이에 그런 가사를 지었을까. 젊은 날엔 젊음을 모르고 사랑할 땐 사랑이 보이지 않았네…"

다시 사무실로 들어왔을 때 내게 메일을 보냈으니 확인해 보라는 거다. 메일에는 이상은이 '언젠가는'을 부른 영상파일이 들어 있었다.

한 달 후 그녀는 교통사고로 세상을 떠났다. 그녀를 운구하면서 우린 어떤 인연인가 생각이 들었다. 벌써 10년도 더 된 일이다. 해마다 이맘때가 되면 그녀를 기리고 추모하는 행사가 열린다. 아직도 잊지 않고 자신을 떠올리는 동료가 있으며 많은 사람들이 사랑하고 있다는 걸 느꼈으면 좋겠다.

2015. 07. 28.

당산동 성당을 다시 찾아가

주중 화요일에만 있는 당산동 성당 저녁미사.

20년 전 어머니가 절실히 기도하며 앉으셨던 그 자리에 앉고 싶었다. 어머니가 돌아가시고 가끔 이곳을 찾게 된다. 왠지 이곳에선 더 내 말을 잘 들으시고 바라보실 거 같기 때문이다. 그리고 무엇보다 어머니와 같이 있다는 느낌을 받고 싶기 때문이다.

이런 공간이 남아있다는 게 감사하다. 아마도 내가 살아있는 동안 나는 어머니가 보고 싶을 때 이곳을 찾을 것이다.

주님, 요안나에게 영원한 안식을 주소서.

2015. 06. 02.

가을에 다시 읽는 글

'낙엽을 태우면서'-이효석

벚나무 아래에 긁어모은 낙엽의 산더미를 모으고 불을 붙이면 속의 것부터
푸슥푸슥 타기 시작해서 가는 연기가 피어오르고 바람이나 없는 날이면
그 연기가 얕게 드리워서 어느덧 뜰 안에 가득히 담겨진다.

낙엽 타는 냄새같이 좋은 것이 있을까.
갓 볶아 낸 커피의 냄새가 난다.
잘 익은 개암 냄새가 난다.

갈퀴를 손에 들고는 어느 때까지든지 연기 속에 우뚝 서서
타서 흩어지는 낙엽의 산더미를 바라보며 향기로운 냄새를 맡고 있노라면
별안간 맹렬한 생활의 의욕을 느끼게 된다.
연기는 몸에 배서 어느 결엔지 옷자락과 손등에서도 냄새가 나게 된다.
나는 그 냄새를 한없이 사랑하면서 즐거운 생활감에 잠겨서는
새삼스럽게 생활의 제목을 진귀한 것으로 머릿속에 떠올린다.
음영과 윤택과 색채가 빈곤해지고 초록이 전혀 그 자취를 감추어버린
꿈을 잃은 헌출한 뜰 복판에 서서 꿈의 껍질인 낙엽을 태우면서
오로지 생활의 상념에 잠기는 것이다.

왜 당신은 돌아가셨나요

이슬라 그랜트.

스코틀랜드에서 태어나 아일랜드에서 활동하고 있는 컨트리 가수의 '마더'를 듣는다.

Mother - Isla Grant

If only I could see again
The twinkle in my mother's eyes
To hear again her gentle voice
And have her hold me
when I cried.

내가 다시 볼 수 있다면
내 어머니 두 눈 속 반짝임을
어머니의 부드러운 목소리를 다시 들을 수 있다면

그래서 내가 울음을 터트릴 때
어머니가 날 안아 주신다면

If only she could be here now
To help me free my troubled mind
I wonder if my mother knows
Although I've tried,
no peace I find.

지금 여기 어머니가 계신다면
내 혼란스런 마음을 풀어 주신다면
어머니는 아실까
내가 그토록 애썼지만
아무런 평화도 찾지 못한 것을

It seems a hundred years ago
That when I cried she'd wiped my tears
And just like magic when I'd fallen
She'd be right there to
calm my fears.

백 년은 된 것 같아요
내가 울 때 어머니가 내 눈물을 닦아 주셨던 그때가
신기하게도 내가 넘어졌을 때
어머니는 내 두려움을 진정시키고자
바로 그 자리에 계셨지요

Oh mom if you could only see
The hurt and pain I'm going through
I must have cried ten million tears
Since the tears I cried when I lost you.

오 어머니, 내가 헤쳐나가는 상처와 아픔을
어머니가 알아 주신다면
저는 그토록 많은 눈물을 흘려야 했어요
제가 어머니를 잃고 흘린 눈물 그 이후에도

I know you're never far away
I almost feel you close to me
Oh, how I'd love to hold your hand
Your loving smile I'd love to see.

어머니는 결코 멀리 계시지 않다는 것 알아요
제 가까이 계신 어머니를 느끼니까요
오, 얼마나 엄마 손을 잡아보고 싶은지
애정 어린 당신의 미소를 얼마나 보고 싶은지

But in my heart you're still alive
I think about you everyday.
Oh, mother dear, why did you die
And leave me here so far away.

하지만 제 마음속에 당신은 여전히 살아계시죠
저는 날마다 당신을 생각해요
오 사랑하는 어머니, 왜 당신은 돌아가셨나요
여기 이렇게 외따로 저를 남겨 두셨나요

유리창엔 비

유리창엔 비 Rain on the window - 햇빛촌

22살 3월에 입대해서 24살 되던 해 8월이었다. 군대 30개월 기간 중 마지막 보름 휴가를 받고 서울로 향하던 고속버스 안에서 이 노래를 듣던 기억이 난다.

8월 말에 제대했으니 그로부터 보름 전 마지막 휴가였으면 한창 여름이었을 텐데.

버스 안에선 이 노래가 흘러나왔고, 버스 밖에선 비가 내리고 유리창엔 물방울이 스치듯 흩날렸다. 덤덤한 성격이라 그냥 기나긴 숙제를 끝내고 집으로 가는 기분이었다고 할까. 묵묵히 창밖의 비를 바라봤던 거 같다.

'그래 이제 끝났구나.'

오늘같이 비가 내리는 날이면 가끔 이 노래가 생각나고 그때 그날이 떠올려진다.

벌써 91년도의 일이다.

2015. 07. 24.

마키아벨리의 군주론

1469년 5월 3일 태생 마키아벨리

그가 태어난 피렌체. 그리고 그가 태어나기 얼마 전 완공된 두오모 성당.

〈군주론〉을 읽으며 눈에 들어오는 대목이 있다.

"평민 신분에서 군주가 되는 데는 두 가지 방법이 있다.

첫째 사악하고 범죄적인 수단으로 군주의 지위에 오르는 경우

둘째 동료 시민들의 호응을 얻어 그 나라의 통치자가 되는 경우

그러나 어떤 군주가 민중 위에 토대를 구축하였으면서도 지휘를 잘하고 위기에 처했을 때도 정신력을 잃지 않고 용기와 인내로 사회 전체에 활기를 불어넣으면서 신중한 방어 태세를 게을리하지 않는다면, 그는 민중에 의하여 배신당하는 일도 없고 그의 토대를 훌륭히 다질 수 있을 것이다."

많은 비판과 비난을 받는 책이지만 군데군데 뛰어난 통찰력

이 돋보이는 부분도 있다.

더군다나 견제와 균형, 평등과 자유가 담보되는 공동체 속에서 강한 국력을 만들어 낼 수 있다는 부분에 가서는 더욱 그러하다.

지금 우리 사회에도 던지는 메시지이지 않은가.

TV토론 이야기

스피치와 트라우마

사람은 죽을 때까지 성격이 여러 번 변하죠.

일이 잘 풀리고 자신감도 생기면 남 앞에 자연스레 나설 기회가 생기고 성격도 외향적으로 됩니다. 반대로 일이 뜻대로 안 되고 자신감도 잃게 되면 위축되고 소심해지며 내성적으로 됩니다.

사람은 누구나 거기서 거기. 누구나 겪는 인생 업앤다운의 주기를 어떻게 관리하느냐가 참 중요하고, 거기엔 내공이 필요한 거 같습니다.

스피치와 관련해서도 업앤다운의 굴곡이 있는데요.

특히 어릴 적 안 좋은 트라우마를 갖고 있으면 말을 할 때 심한 불안증상을 보이게 됩니다. 하지만 이 불안증상은 정도 차이는 있지만 누구나 흔히 겪는 건데요. 말하기 전 불안 예감=〉직면=〉적응=〉해방의 단계를 밟습니다.

몇 해 전 개봉했던 영화 '킹스 스피치'는 엘리자베스 영국 여왕의 아버지인 조지 6세의 이야기인데 그는 심한 말더듬 증상을 갖고 있었습니다. 알고 보니 그 역시 어릴 적 트라우마가 있었던 겁니다. 왼손잡이였지만 강제로 오른손잡이로 고친 일, 안짱다리라 핀으로 다리를 고정시켰던 일, 유모에게 괴롭힘을 당했던 일 등이 그의 성격에 장애를 일으키고 말더듬 증상으로 이어지게 된 겁니다. 그리고 말더듬증을 고치기 위해 노래하듯 말하기, 어려운 발음 앞에 다른 단어 끼워 말하기 등을 연습합니다.

이 영화는 말을 잘하기 위한 트라우마 극복기를 보여주는데요. 가장 좋은 건 트라우마 거리를 안 만드는 거겠죠. 그러기 위해선 나의 언어에 장애가 되고 말을 막고 하는 부정적인 사람을 멀리해야 합니다. 나를 인정해주고 내 이야기에 귀를 세워주는 사람들을 많이 만나야 합니다. 이것 역시 저절로 되는 게 아니고 노력을 해야 되는 부분이

네요. 쉽지 않은 거죠.

개인적으로 이번 대선 후보 5인을 보자면 말을 잘하는 2인, 함께 말하기에 방해되는 1인, 말의 트라우마를 극복하고자 하는 2인을 느끼게 됩니다. 아이러니한 건 지지율이 가장 저조한 2인이 강력한 설득 커뮤니케이션의 소유자들이고 지지율이 가장 높은 2인은 화술 면에선 B학점 이상을 받기 어렵다는 점입니다.

A 후보는 정치인답게 선동가적인 강한 어조와 순발력, 폐부를 찌르는 적확한 어휘구사력에선 타의 추종을 불허합니다.

B 후보는 자신의 정책을 가장 교과서적으로 반듯하게 설명하며 지난 1차 토론 때 PPT 능력이 탁월했습니다. 다른 후보에 대한 질문도 꼬투리가 아닌 제대로 포인트를 짚는 모습을 보여줬습니다.

C 후보는 한 방명록에 '사생결단'이라고 썼듯이 고스란히 토론과 화법에서 그 결기가 느껴졌습니다.

후자 2인은 어눌하고 교과서적이라 지루하다는 공통점도 있는데, 그럼에도 그들의 살아온 행적은 일관적이고 진정성 있으며 과외공부로 스피치 트라우마를 극복하고자 하는 모범생 이미지까지 보입니다.

말을 잘한다는 건 청산유수로 하는 게 아닙니다.

조금 어눌하고 더듬거려도 진정성 있게 전달되면 좋은 스피치입니다. 조지 6세 역시 그래서 영화 마지막에 기립박수를 받을 수 있었습니다. 소통이 안 되어서 일찍 시작된 대선이니만큼 소통이 잘 되는 후보가 당선되기를 바랍니다. 심리적 화장(psychological make-up)을 지우고 민낯으로 소통하기를 바랍니다. 그래서 준비 자료 없이 메모지와 펜만 갖고 벌이는 내일 스탠딩 토론이 기다려집니다. 기존의 그 어떤 토론보다 민낯이 노출될 테니까요. 누가 소통을 잘하는지 지켜볼 일입니다.

2017. 04. 18.

대선 후보 TV토론을 보고

구로디지털단지에 오징어잡이 배가 떴다는 얘기 들어보셨습니까

TV토론의 순기능은 유권자에게 투표를 독려한다는 점인데요.

전국적으로 방송되는 TV토론이 이번에 6번이나 방송되고 앞으로도 4번 남았습니다.

어제 TV토론 시청률은 며칠 전 토론보다 무려 두 배 오른 26%가 나왔는데요. 그만큼 이번 대선에 국민 관심이 뜨겁다는 방증이겠죠. 이번 대선 투표율이 높을 거라는 예측을 가능하게 하는 건 더 있습니다.

첫째 세대별 투표율이 장년층보다 낮았던 20, 30대의 투표의지가 이번엔 매우 높다는 겁니다(오늘자, 김현정의 뉴스쇼, 리얼미터 조사).

이들은 개방적이고 합리적 생각을 갖고 있기 때문에 자신이 지지하던 토론자라도 설득력이 떨어지면 지지후보를 바꿀 의사가 높은 층이라 후보자 검증이란 측면에서 TV토론의 역할이 그만큼 중요하게 보여집니다.

둘째 지금처럼 문재인 안철수 두 후보 간 접전이 계속되는 상황에선 유권자들은 자신의 지지후보에 대한 위기감으로 투표욕구가 더 높아진다는 겁니다. 기존 연구에서도 이러한 경합상황(neck-and-neck)이 투표율 견인의 가장 강력한 예측변인이라는 결과를 발견하기도 했구요(히스와 테일러, 1999).

그리고 이렇게 유권자가 선거에 관여도가 높을 때는 주변통로(이미지)보다는 중심통로(정책 전문성, 지식)가 더 유권자에게 설득적이고 지속적이며 매력적인 투표요인이라는 연구들도 있었네요. 어제 토론에선 심상정 후보의 인상적인 발언이 있었습니다.

"구로디지털단지에 오징어잡이 배가 떴다는 얘기 들어보셨습니까."

일주일에 두 번 퇴근하기도 힘들다는 구로노동자들의 현실을 빗댄 말로 참여정부의 잘못된 노동정책을 비난한 건데요. 하지만 문 후보를 공격했다는 사실에 실망한 상당수 당원들이 당적이탈을 한 것으로 전해져 현대정치에서 당파성 약화에 따른 정당 정치의 어려움을 보여주는 거 같습니다.

TV토론은 인지도와 지지도가 낮은 후보에게 반가운 제도입니다. 앞서고 있는 후보에게는 잘 지켜내야 하는 어려움이 있으니까요. 어제 토론을 보며 느낀 건 역시 공세는 쉽고, 앞서가며 지키는 건 어려운 일이라는 점입니다.

2017. 04. 20.

대선 후보 TV토론을 보고

대통령의 언어

TV토론을 지켜본 유권자들의 불만의 목소리가 높습니다. 토론자들이 정책대결을 한다거나 비전제시를 하는 게 아니라 이전투구 양상만 보인다는 반응들입니다. 하지만 그런 비난은 늘 있어 왔습니다. 최근 미국 대선도 그러했으며 대통령 선거가 한창 진행 중인 프랑스에선 한때 마땅한 후보가 없어 오바마에게 러브 콜을 보내야 한다는 자조적 분위기까지 있었으니까요. 우리의 5년 전 대선 직전 상황을 되돌아볼까요.

2012년 12 · 19 대선을 목전에 둔 시점에선 대선 후보들 간 TV토론이 열리지 않아 당시 한국메니페스토 실천본부는,

“후보들 간 정치공학적 공방만 있고 우리 사회의 문제점 해결 방안과 국정운영 비전이 담겨 있는 메니페스토 정책이 보이지 않아 이미지로만 선거를 치를 거 같다”고 비난하기도 했습니다. 그때에 비하면 이번 대선은 TV토론만을 놓고 봤을 때 양적으론

후보자 검증의 충분한 기회제공을 하고 있는 셈입니다.

단지 후보자들의 전문성(정책이해도)과 인간성(자질, 토론능력)이 유권자 기대치에 미치지 못한 거 같습니다. 하지만 토론을 통해 후보자들은 자신들의 주장이 완벽하지 않다는 걸 깨닫게 되고, '지식은 정적인 것이 아니고 토론을 통해 지평을 넓히고 변화하는 것'이라고 주장한 학자도 있는 걸 보면, 후보자들이란 완벽하지 않고 여러 면으로 부족하기 마련인데도 유권자들은 기대치가 커서 늘 실망하는 구조인지도 모르겠습니다.

방송인 입장에서 이번 토론에서 눈길이 가는 것 중 하나가 심상정 후보의 화법입니다. 근성과 배짱, 공격적 어투, 전문성, 논리, 전달력으로 무장한 토론능력만큼은 타 후보들보다 비교우위에 있다고 생각합니다. 마치 나비처럼 날아 벌처럼 쏜다는 알리를 연상시킨다고 할까요.

- "전략적 모호성은 평론가의 언어지 정치지도자의 언어가 아니다."

-“북한을 적으로 규정하는 건 합참의장의 언어지 대통령의 언어가 아니다.”

상대 화법의 부적절성을 지적하며 수모도 안기는 훈계조 화법입니다. 고대 그리스의 아리스토텔레스는 청중 상태에 맞춰 감성 스피치를 했다고 하는데 상대방을 설득할 때 우선 호감과 신뢰를 얻고(에토스), 감정에 호소하고(파토스), 논리적 근거를 대는(로고스) 과정을 순차적으로 사용했다고 합니다.

그렇다면 정치지도자 즉 대통령의 언어란 무엇일까요. 규정하고 규범화할 수 있을까요. TV토론은 확실히 인지도가 낮고 지지율이 낮은 후보에게 좋은 제도입니다. 심 후보처럼 인지도와 지지도가 떨어지는 후보는 처음 인상이 형성도 되고 카테고리가 점점 쌓여 인간성(자질, 토론능력)에 대한 인상이 변하여 긍정적으로 강화되는 순간이 올 수도 있기 때문입니다. 그야말로 잃을 게 없는 게임인 거죠.

2017. 04. 24.

대선 후보 TV토론을 보고

왜
토론하는가

대선 TV토론이 이제 한차례 남았습니다.

대선 토론이 시작되기 직전 적지 않은 기사들이 TV토론은 기존의 선호를 강화시킬 뿐이란 논조를 실었습니다. 하지만 대선 토론이 본격적으로 시작되고 열흘간 다섯 번 토론이 실시된 지금, 언론들은 TV토론이 미친 영향력이 크다며 토론이 지지율 변동에 미친 원인을 분석하느라 분주합니다. 또한 후보들 각 캠프도 지지율 상승과 하락을, 토론 성패와 궤를 맞춰 분석하며 마지막 남은 토론에서 만회하고자 안간힘을 쓰는 분위기입니다. 종합하면 마지막 남은 토론은 매우 중요합니다.

왜냐하면 유권자의 투표행위에는 나중에 제시된 정보가 중요하다는 최신효과(recent effect) 이론도 있고, 투표 시점과 가장 가까운 TV토론 시청이 투표참여율을 높인다는 연구결과들도 있었으며, 투표 인과관계에선 정파성이라는 장기간 효과 대신 후보자 이미지와 정책이라는 단기간 효과가 중요하다는 연구들도 있는데 어쨌든 대선을 앞두고 가장 가까운 마지막 토론은 분명히 적지 않은 영향을 미칠 거 같습니다. 하지만 이렇듯 토론 영향력이 크다고 지금 토론이 그 역할을 제대로 하고 있다는 뜻은 아닙니다. 그 이유는

첫째, 공개토론은 자신의 주장을 정당화하고 경쟁자 주장보다 우월하다고 입증해야 하는 문제가 있어 정치적인 논쟁의 해결을 더욱 복잡하게 할 수도 있고

둘째, TV를 통한 공론장은 합리적 이성으로 의사소통하는 게 바람직하겠지만 논쟁이 격화될 때 싸움을 위한 싸움 양상으로 변질될 수가 있으며

셋째, 승산 없어 보이는 후보는 정책보다는 흠집내기 등 네거티브 공세로 판세를 흔들려 하기 때문입니다.

그리고 이미 우리는 충분히 목도하지 않았던가요. 어느 사회든지 집단 구성원들이 선호하는 바가 같을 수는 없습니다. 그래서 원로학자 김홍우는 '소통의 정치'를 강조해왔습니다. 그는

'소통의 정치'는 다수가 연결된 강한 개인을 생산하는 '강한 정치'인 반면, '권력 정치'는 소수 힘 있는 자에게 의존하는 약하고 소외된 개인들의 정치라 주장했습니다. 그가 말한 대로라면 박근혜 전 대통령의 정치는 약하고 소외된 개인들의 권력 정치였던 셈입니다.

일찍이 서구에선 '강한 민주주의' 이론이 나왔습니다.

그 강한 민주주의를 만들기 위해서 시민들 스스로 결정을 내릴 때 '무엇을 선택할지'보단 '어떻게 선택할지' 과정이 중요하다고 했습니다. 그리고 바로 그 '강한 정치'와 '강한 민주주의'를 위해 중요한 가치가 '토의'란 것입니다. 지금의 TV토론은 완성체라고 볼 순 없지만 강한 민주주의와 강한 정치를 만들기 위해선 우리 각자의 균열된 이익을 끌어내는 소통의 과정이 필요하고 그 수단이 TV토론인 것입니다.

우리는 강한 개인들의 소통 정치로 만들어지는 강한 민주주의를 원합니다. TV토론은 그러한 토의민주주의를 구현할 수 있는 중요한 매개체입니다. 우리가 마지막 대선 토론을 지켜보는 이유입니다.

2017. 04. 29.

대선 후보 TV토론을 보고

칼럼

상인지어(傷人之語)-영화가 던지는 메시지들 속에서

영화를 보고 나서 마음이 행복해질 때가 있습니다. 주로 영화 속에서 던져지는 메시지들이 가슴 한켠에서 묵직한 울림으로 여운으로 남아있을 때 그런 느낌을 받게 되는데요, 대부분 우리 인생과 관련된 메시지들입니다.

최근에 개봉했던 영화 '어바웃 타임'은, 우리의 이 비범하면서도 일상적인 매순간을 최선으로 만들 수 있는 마지막 순간이라 여기며 충실하게 즐겁게 살아야 한다고 말합니다. 마치 과거의 것을 수정하기 위해 두 번째 순간을 마주한 것처럼. '월터의 현실은 상상이 된다'의 주인공인 사진작가는 아름다운 순간을 담기 위해 목숨도 걸 수 있는 열정과 도전정신이 충만한 사람이지만, 그토록 담고 싶어 했던 피사체를 앞에 두고는 결국 셔터를 누르는 것을 포기합니다. "진정 아름다운 것들은 관심을 필요로 하지 않아. 가끔은 아름다운 순간이 오면 그저 그 순간 속에 머물면 되는 거야."라는 대사를 남기며.

명불허전으로 불리는 영화 '졸업'의 주인공 벤자민은 미국 동부 아이비리그의 대학을 졸업하고 미래를 위해 완벽히 충전되어 있는 전도유망한 청년이지만 '미세스 로빈슨'을 만나 한순간에 모든 것을 방전하게 됩니다. 이것은 마치 영화 '변호인'에서 송강호가 돈만 좇는 변호사에서 이타적인 변호사로 변신하며 진정으로 자신을 충전해 가는 과정과 상반된다는 느낌도 받게 됩니다.

우리 삶을 충전시키고 프레임에 담지 않아도 될 만큼 아름다운 순간은 일상에서도 느낄 수 있는 거 같습니다. 바로 사람의 말 한마디가 그렇지 않을까요. 명심보감(明心寶鑑)에서는 사람의 가슴을 행복하게 하는 것도, 가장 아프게 하는 것도 한마디의 말(言)이라 했습니다.

利人之言 煖如綿絮
상대방의 마음을 행복하게 해주는 말 한마디는
따뜻하기가 솜과 같고

傷人之語 利語荊棘

상대방의 가슴에 상처를 주는 말 한마디는

날카롭기가 가시와 같다

우리나라와 같이 구성원들 간에 근무시간이 길고 관계지향적인 문화가 강한 환경에선 상대방의 감정에 더 많이 노출되고 쉽게 전염될 수 있는 구조라고 하는데, 모든 것이 방전되기 쉬운 추운 겨울에 손난로 같은 따뜻한 말 한마디로 충전되고 싶은 시절입니다.

2013. 11.

고신얼자(孤臣孼子)-어려움 속에도 긍정의 힘을 믿으며

작가이면서 정신분석학을 연구한 조셉 머피(Joseph Murphy, 1898~1981) 박사는, 사람의 잠재의식은 풍부하고 비옥한 토양이라 여기에 씨앗만 잘 뿌려주면 풍성한 열매를 맺게 해준다고 말합니다. 그러므로 이러한 잠재의식의 무한한 힘을 믿고 평온한 상태에서 자신이 원하는 바에 대해 자기최면을 강하게 걸면 실제 소원이 이루어진다는 건데요, 간단히 말해 우리 인생은 각자 생각한 대로 만들어질 수 있다는 겁니다.

얼마 전 '한국인이 가장 추억하는 권투선수와 경기'로 김성준의 1978년 WBC 라이트 플라이급 챔피언 도전 경기가 선정됐습니다. 36세의 젊은 나이로 요절한 그는 48전 28승(13KO) 14패 6무라는 통산전적이 말해주듯 천재복서도 아니었고 결코 화려하지도 않았습니다. 더군다나 그는 소매치기라는 불우한 전력까지 안고 있었습니다. 하지만 그러한 과거를 털고 재기에 성공했다는 점과 앞이 보이지 않을 정도로 두 눈이 피투성이가 된 채 들소처럼 저돌적으로 싸우는 그의 근성에 국민들은 엄청난 환호를 보냈습니다. 온갖 어려움을 딛고 챔피언에 올랐을 그를 바라보며 당시 국민들은 어떤 역경도 이겨낼 수 있다는 희망을 보았던 거 같습니다.

박찬호는 동갑내기 조성민과 임선동에 가려 주목받지 못했었고 공주고 재학시절에도 에이스는 손혁의 몫이었습니다. 하지만 공 하나는 무척 빨라 1991년 고등학생 신분으로 세계청소년야구선수권 대회에 참가하는 행운을 잡은 뒤 다저스타디움을 처음으로 방문하게 되고 그 자리에서 메이저리거를 꿈꾸며 LA 다저스 점퍼를 구입합니다. 그리고 그 푸른색 점퍼를 입으며 훗날 이 자리에 꼭 서겠다고 굳게 다짐합니다. 3년 뒤 그는 LA 다저스와 계약하며 한국인 메이저리그 진출 1호가 됩니다.

孤臣孽子

외로운 신하와 서자로 태어난 사람은

其操心也危

그들의 마음가짐이 절실(危)할 수밖에 없고

其慮患也深

그 어려움을 극복하는 생각이 깊을(深) 수밖에 없다

故達

그러므로 그런 사람들은 남보다 뛰어난(達) 사람이 되는 것이다

고신(孤臣)은 임금의 총애를 받지 못하고 멀리 유배당해 있거나 조정으로부터 소외당한 신하를 말하고, 얼자(孼子)는 부모의 사랑을 받지 못하고 서자로 태어난 자식을 가리키고 있는데요. 맹자는 이 고신얼자(孤臣孼子)라는 사자성어를 통해 남보다 어려운 환경에 처해 있는 사람이 결국에는 다른 사람보다 더 위대해질 수 있음을 역설하며 역경 속에 실망하지 않는 긍정의 힘의 중요성을 강조합니다.

무더운 여름이 가고 가을로 접어듭니다. 추석이 보름 남짓하고 이제 올해도 넉 달 남았습니다. '여름은 너무 더워서 로맨스가 안 생긴다.'고 투덜대던 노총각 후배에게도 새로운 로맨스가 피어나기를 바라봅니다. 가을은 추수의 계절이자 마음의 씨앗을 뿌리기에도 비옥한 계절이니까요.

2013. 8.

아나운서 유감(有感)

지난 5월 한 달 동안 어떠한 일들이 있으셨는지요? 계절의 찬란함에 자신의 상대적 초라함을 빗대 우울해지기 쉽다고 하는데 그런 감정을 느낄 겨를 없이 우리 모두에게 좋은 일들이 많이 있었으면 좋겠습니다.

젊은 학생들의 기(氣)를 받고 싶어 강의를 시작한 지 10년이 됐습니다. 제가 처음 시작할 당시나 지금이나 수업 첫 시간에 늘 학생들에게 던지는 질문이 있는데요. 바로 아나운서, 기자, 앵커를 구분할 줄 아느냐는 겁니다. 제가 원하는 답의 핵심은 아나운서와 기자는 직종이름이고 앵커는 방송에서의 역할이며, 따라서 아나운서와 기자 모두 방송에서 앵커를 할 수 있다는 거죠. 하지만, 방송을 많이 접하는 비교적 개념 층이라 할 수 있는 대학생들마저 명쾌하게 말하는 사람이 별로 없으니 일반 시청자분들은 그 구분에 대해 더 힘들어하실 것이라 짐작됩니다.

최근 동료 아나운서들에게서 부쩍 많이 듣는 이야기가 아나운서의 정체성 확립에 대한 것입니다. 예를 들어 방송이나 광고에서 타 직종의 방송인들이 아나운서 타이틀로 소개되는 일이 빈번하고 이로 인해 아나운서들이 오해를 받아 질타를 받는 사례도 발생하기 때문에 이를 미연에 방지하기 위한 제도적 장치를 만들어야 한다는 것입니다. 저 역시 아나운서 사회가 외부에 배타적이거나 폐쇄적으로 가는 것은 물론 반대하지만 오용되고 혼동되는 일은 바로 잡아야 한다고 생각합니다. 아나운서들은 다소 외부에 시달릴 때가 많습니다. 많은 사랑을 받는 부러운 직종인 동시에 선정적 의도가 다분한 비난의 대상이 되기도 하는 것 같습니다. 소위 자신에 대한 카더라 통신이 황색 저널리즘에 편승해 활자 인쇄로 나타나더라도 문제가 더 크게 불거질 것을 우려해 제대로 항의도 못하고 혼자 가슴앓이로 끝날 때도 있죠. 이런 것도 일종의 비뚤어진 외사랑 때문일까요. 수년 전 아나운서에 대한 국회의원의 막말파문을 포함해 최근엔 심각한 오보(誤報)사태까지 있었습니다. 일간지들과 보도전문 채널 등을 통해 '토익부정시험 사건에 연루된 지상파 아나운서'라는 제하의 뉴스가 보도된 것인데요. 조사해보니 해당 아나운서는 프리랜서 방송 리포터로 밝혀졌고, 이에 대해 해당기자에 정정 보도를 요청한 끝에 눈곱만한 크기의 정정기사가 실렸습니다. 이 역시 직종 구분의 오해에서 비롯된 것이라 넉넉한 맘으로 추측도 해보지만 그 눈곱을 발견 못한 대다수 시청자와 독자들은 이미 해당 사건의 연루자가 아나운서라고 생각할 것입니다.

누군가 사랑받고 싶다면 사랑하고 사랑스럽게 행동하라고 했다는데요, 시청자들의 사랑이 일방으로 끝나 비뚤어지지 않도록 우리도 받은 만큼의 사랑을 베풀었으면 좋겠습니다.

2013. 5.

연저지인(吮疽之仁)- 동료들의 동고동락

작년 1월에 파업이 시작된 이후 15개월 만에 아나운서국에 복귀했습니다. 물수건으로 깨끗이 자리를 닦아놓았다는 후배, 다시는 가지 말라며 벨트를 선물하는 선배, 사직서를 제출한 한 후배는 꽃다발을 안기며 맞아주었습니다. 정말 오랫동안 집 나갔다 돌아온 사람마냥 아직도 좀 어리둥절하지만 이런 동료들이 있어 고향에 온 것 같은 포근함마저 느낀다면 지나친 감상일까요. 마음에 여유가 없을 때면 차 안의 음악도 꾹꾹 누르고 세상이 던지는 메시지에도 귀를 닫고 살았는데 올봄에 피어난 벚꽃에도 동하는 걸 보면 마음의 빗장도 조금씩 풀리고 있나 봅니다.

파업을 하며 잃은 것이 참 많습니다. 예전에는 MBC에 다니면서 대출을 받았다고 하면 씀씀이가 헤프거나 관리를 잘못했겠구나 하는 생각이 들곤 했는데 6개월 넘게 월급을 못 받다 보니 이제는 주변에 그런 동료들을 어렵지 않게 볼 수 있게 되었습니다. 생활 리듬이 깨져서 운동은 안 하고 폭식으로 스트레스를 푸니 체중도 늘고 1년 새 노화가 급격히 진행됐습니다. 그럼에도 긴장들은 안 하고 서로의 망가진 모습을 보며 위안을 찾곤 했었죠. 자기는 더 그런 줄도 모르고 말이죠. 하지만 그런 지난함 속에서도 많은 것을 느끼고 배웠고 감히 성장했다고 말할 수 있는 건 자기 것을 내려놓고 희생하는 동료들을 볼 수 있었기 때문입니다.

지난가을 한 철 동안 한 선배님의 권유로 동양고전 모임에 참여하게 되었습니다. 복잡한 마음을 추스르는 데 많은 도움을 받았는데 그중 사기(史記)에 나오는 고사성어가 유독 눈에 들어왔습니다. 바로 연저지인(吮疽之仁)이었습니다. 위(魏)나라 문후(文侯)의 사령관이었던 오기(吳起)는 병사들과 식사를 같이 하며 의복을 나누었으며 침대에서 자지 않고 이동시 말도 타지 않았습니다. 또한 무거운 짐도 손수 짊어지는 등 언제나 병사들과 동고동락을 같이 했습니다. 그러던 중 오기(吳起)는 병사 하나가 종양에 걸리자 직접 그 종기를 빨아주었습니다. 이 소식을 들은 그 병사의 어머니는 대성통곡을 하였습니다. "오 장군이 내 남편의 종기를 빨아주어 전쟁터에서 충성을 다하다 죽었소. 이제 내 아들의 종기마저 빨아주니 그놈은 또 언제 어디서 죽을지 모르는 일 아닌가." 그 긴 파업 동안 오 장군과 같은 동료들을 볼 수 있었던 건 어찌 보면 그 어떤 감동적인 영화에서도 볼 수 없는 일생에 행운이었을 거란 생각도 듭니다.

지난 15일에 미 프로야구에는 진기한 풍경이 펼쳐졌습니다. 30개 구단의 모든 선수가 같은 날 똑같이 42번 번호를 달고 나타난 것입니다. 1947년 5월 14일. 가장 보수적인 스포츠였던 야구에 등번호 42번을 단 최초의 흑인선수 재키 로빈슨이 등장합니다. 하지만 모든 역경을 이겨낸 이 흑인선수가 시합 전 살해위협을 받자 팀 동료들은 그를 보호하기 위해 모두 42번 저지를 입고 경기에 나섭니다. 그리고 훗날 이 흑인선수는 최초의 흑인 올스타, 최초의 MVP, 최초의 흑인 명예의 전당 헌액자가 됩니다. 위대한 선수 이전에 진정한 선수였던 재키 로빈슨. 이후 그를 기리기 위해 해마다 4월 15일이 되면 미 프로야구의 모든 선수들은 42번 저지를 입고 경기를 합니다.

아나운서 사회에도 앞으로 큰 어른들이 많이 나왔으면 좋겠습니다. 인생이 자기 자신을 위해 산다고는 하지만 아나운서들에게도 오기(吳起) 장군과 재키 로빈슨 같은 훌륭한 선배가 필요하고 후배들은 그런 선배가 입었던 정장과 타이를 하고 마이크 앞에 나설 것입니다. '무력은 모든 것을 정복하지만, 그 승리는 오래가지 못한다'고 한 링컨의 말이 새삼 경종을 울리는 건, 가지려 하기보단 내려놓을 때 아나운서들이 우리 사회에 '따뜻한 리더'가 되는 첫걸음이란 생각이 들기 때문일 것입니다.

2013. 4.

그토록 오래고 그토록 아름다운 이름

어머니

초판 1쇄 발행 | 2020년 2월 5일

지은이 | 신동진
펴낸이 | 홍행숙
펴낸곳 | 문학의문학
디자인 | 김경일

등록 | 제5100-2015-000070호(2014년 2월 6일)
주소 | 서울시 구로구 개봉로 3길 87 103동 103호
대표전화 | (02) 722-3588
팩스 | (02) 722-3587

ISBN | 979-11-87433-22-4 (03810)